M'bindas el Africano

M'bindas el Africano

Lázaro O. Garrido

Número de Control de la Biblioteca del Congreso de EE. UU.: 2019917379

ISBN:	Tapa Dura	978-1-5065-3059-8
	Tapa Blanda	978-1-5065-3058-1
	Libro Electrónico	978-1-5065-3057-4

Esta es una obra de ficción. Los nombres, personajes, lugares e incidentes son producto de la imaginación del autor o son usados de manera ficticia, y cualquier parecido con personas reales, vivas o muertas, acontecimientos, o lugares es pura coincidencia.

Información de la imprenta disponible en la última página.

Fecha de revisión: 28/10/2019

Para realizar pedidos de este libro, contacte con:
Palibrio
1663 Liberty Drive
Suite 200
Bloomington, IN 47403
Gratis desde EE. UU. al 877.407.5847
Gratis desde México al 01.800.288.2243
Gratis desde España al 900.866.949
Desde otro país al +1.812.671.9757
Fax: 01.812.355.1576
ventas@palibrio.com
804989

PRÓLOGO

Todo prólogo intenta comunicar al lector el contenido generalde una obra, o analizar la proyeccion específica del autor.

Toda novela se inspira en la prolifera imaginacion del autor, aunque muy a menudo es el producto de hechos y detalles ocurridos en cualquier escenario de la vida.

"El Africano" relata la lucha de una militante organización, y la ascención de un hombre a su lideratura, en la lucha contra contra el colonialismo explotador y represivo, en un territorio de África.

El nacimiento del Frenta de Liberación persigue una nueva opción política autóctona, contra la rapaz barbarie de la ocupación extranjera.

El frente canaliza las ancias primitivas populares y catapulta a M'bindas hacia la dirigencia militar maxima del organismo.

El trágico inicio de M'bindas galvaniza el carácter de su ferrea determinación, sus incansables esfuerzos, su desden ante la muerte y consolida su carisma personal, fraguado en su interrelación humana y su espontánea iniciativa organizativa.

El carácter de M'bndas parodea sus estudios académicos, sus experiencias amorosas, la gratitud y respeto hacia su padre adoptivo, maestro de su personalidad y su total dedicación a la lucha de liberación.

Las experiencias de M'bindas concurren en ocasiones drásticas decisiones, reservadas solo para la lideratura de todo mando.

La novela es fresca y fácil lectura, apasionantre y posesiva.

Su autor Lázaro Garrido, imprime en esta obra, con maestría y genialidad, su sugestiva visión de la lucha contra las progresivas fuerzas del oprobio, la represión, y la explotación colonialista sobre los pueblos oprimidos.

Es una obra que inspira y motiva a todo aquel que abrigue inquietudes sociales y políticas.

Humberto López

Ante la pregunta, el viejo general se reclinó en su asiento, miro para el techo como si buscara allí la respuesta, su edad era difícil de predecir, su dura vida lo hacía parecer, tal vez, mucho más viejo de lo que era realmente, a primera vista, por su cabello, prácticamente blanco en canas, se pudiera decir que pasaba de los cincuenta, pero si se detallaba su cuerpo y rostro fibroso, lleno de una musculatura poco común en personas de edad, entonces se pudiera pensar que apenas llegaba a los cuarenta años.

La pregunta era de esas, que sin proponérselo, estremecen a una persona, en los puntos más sensibles de su existencia.

En sus negros ojos apareció un extraño brillo, que contrastó con su piel negra de una manera especial.

A su mente llegaron de pronto, como un torrente, los recuerdos, que para él comenzaron aquella triste mañana, porque de alguna manera ese fue el inicio de una larga, penosa, interesante y violenta existencia.

Entonces M'bindas era un pequeño niño, de apenas ocho años, que vivía en una lejana aldea, bien intrincada, en el norte del país, donde habían unas diez o doce casuchas, de esas que se construyen en la zona campo africana, haciendo un enrejado de bambú que después cubren con lodo y en la parte superior, como techo, les colocan mazos de hierba, también sobre un enrejado de bambú, pero quizás un poco más fino, los que en forma de cono, evitan que la poca lluvia que cae, porque son territorios donde apenas llueve, moje los interiores. Allí en una de ellas había nacido y vivido su primera niñez.

Eran tiempos muy difíciles; él observaba que en la aldea las personas, sobre todo los ancianos y los niños, se morían por la falta de alimentos. Escuchaba de las conversaciones de los más viejos, en las que decían que la seca era tremenda, las cosechas no habían rendido lo que se esperaba de ellas y animales no existían, nadie en el lugar los poseía, por lo menos que fueran de los pobladores, porque siempre por la zona se movía una manada de animales; que según se decía, eran del propietario de la Hacienda, un portugués, del que se comentaba que era el dueño de toda la tierra que se podía observar al alcance de la vista y mucho más.

Había oído decir que gracias a su bondad los pobladores del lugar podían vivir allí, porque de aquellas tierras donde estaba asentada la aldea, él también era el dueño. Pensaba que cuando fuera mayor, seguramente comprendería por qué aquel hombre podía ser el dueño de todo aquello y no los miembros de la aldea, los que desde que se acordaban habían vivido siempre en el lugar, no sólo ellos, sino sus padres y más atrás sus abuelos y los padres de aquellos. Si que era difícil de entender, algún día le preguntaría a su padre para que le explicara.

M'gueso, su hermano mayor, también se preocupaba por los destinos de los pobladores del lugar, éste era de carácter emprendedor, y de temperamento fuerte y osado, él tampoco entendía porque en la aldea morían de hambre teniendo en sus alrededores tanto ganado, incluso había observado un pequeño vado, donde las reses acostumbraban a llegar todos los días, casi al atardecer, para beber del agua del río; que en el lugar era un remanso, ubicado en una zona baja a la que las bestias debían llegar en hilera por un pequeño desfiladero, por el cual podían pasar, cuando más, tres animales, uno al lado del otro, pero una vez dentro y en el mismo borde del río se podían amontonar cincuenta sesenta y hasta más animales, para beber y moverse con toda libertad.

Ese era el lugar apropiado, según llevaba días pensando M'gueso, para cazar uno de aquellos animales, con el cual los vecinos de la aldea podrían alimentarse por unos días. No lo pensó más, esa misma tarde se colocaría en el lugar apropiado para alcanzar uno de aquellos animales con su lanza.

Una hora antes de aquél atardecer, el joven se colocó en lo alto del desfiladero y se dispuso a esperar, con toda su calma, el momento en que llegara la manada para seleccionar de entre ella el animal al que daría caza.

Sabía que eran animales ariscos, se criaban en bandadas y sueltos por las sabanas, por lo que sus costumbres eran de animales salvajes y podían reaccionar de manera agresiva, si se veían amenazados, o eran atacados; por esta razón, el valiente joven se situó de manera tal, que podía lanzar su arma sin mucho peligro de ser a su vez atacado por alguna de las bestias.

Cuando el sol comenzaba a perderse en el horizonte, como si fuera tirado por algún resorte, comenzaron a llegar al lugar las reses que componían la manada, las que se introducían al río por el pequeño desfiladero. M'gueso decidió atacar a la última que entrara al pequeño trillo que corría debajo de su escondite, de esa manera el resto de los animales se moverían, ya dentro de la pequeña planicie, que se formaba en torno al agua y si se agitaban, lo harían en aquel lugar, donde no pondrían en peligro su vida.

Esperó pacientemente el paso de las reses por su lado, hasta que se aproximó la última, un toro cebú blanco, el cual por su aspecto parecía una mole de carne.

El animal sin percatarse del peligro, se comenzó a adentrar en el desfiladero, iba detrás de un novillo grisáceo oscuro, que se movía con lentitud, M'gueso pensó que perdería la oportunidad, en un momento en que los dos animales se pegaron el uno al otro, pero unos instantes bastaron para que el novillo grisáceo se adelantara y le permitiera tirar con todas sus fuerzas la lanza, que fue a incrustarse en el costillar del toro, justamente detrás de su paleta izquierda.

De inmediato una mancha rojo oscura comenzó a destacarse en la piel blanca del animal, que dio un fuerte tirón, cayendo de costado precisamente sobre el arma agresora, la que al contacto con el piso se hizo astillas; el animal herido dio unos fuertes bramidos, se levantó y comenzó a caminar tambaleante de regreso al desfiladero, pero sus patas delanteras ya no resistían su peso y se le doblaron cayendo de bruces, movió la cabeza con desesperación tratando de incorporarse, pero no lo logró, cayendo de costado, unos segundos más tarde dejaba de respirar.

El resto de la manada al sentir el forcejeo del toro atacado, se había agitado ligeramente; pero pronto se tranquilizaron y se dispusieron, como todos los días, a beber agua para más tarde retirarse.

Unas horas después, M'gueso, a todo correr y con su piel brillante por el sudor bajo la luz de la luna llena, llegaba a la aldea se dirigía a la choza de su familia, donde despertando al padre le decía:

—Padre, tengo comida para todos los vecinos.

— ¿Comida? — preguntó el anciano pasándose las manos por los ojos como para terminar de despertarse.

M'gueso, dejando ver su blanca dentadura en una sonrisa de orgullo y alegría dijo:

—Carne, cace un toro, debemos quitarle la piel y repartirla entre todos, estoy seguro que los vecinos se pondrán muy contentos.

El viejo reaccionó con cara de espanto, se sentó en la esterilla lo miró directamente a los ojos y en tono duro le preguntó:

— ¿No me dirás que has matado una res de la manada?

—Sí — dijo M'gueso, clavando su mirada en los ojos enfurecidos de su padre — es una manada que deambula por los contornos y nos podrá resolver los problemas de alimentación que tenemos, hasta que mejore la situación de sequía.

—Tú no te puedes imaginar la barbaridad que significa el acto que has cometido — le respondió el anciano, en tono más de pena y desesperación que de indignación— es algo que seguramente pagaremos caro, muy caro. Debemos de inmediato hablar con él mas viejo de la aldea, para que nos aconseje que hacer.

M'gueso, mientras tirándolo por sus brazos, ayudaba a su padre a levantarse de la esterilla y con rostro de desconsuelo dijo:

—No entiendo que consecuencia puede traer que mate un animal silvestre, de una manada, que todos sabemos, se mueve por las sabanas sin dueños desde antes de mi nacimiento, para mí siempre han sido como el agua que corre por los ríos, o el aire que respiramos, o el rocío que cae cada noche, o los macacos que juguetean en los árboles.

—Esa manada tiene dueño— replicó el padre en tono fuerte y ojos chispeantes de la indignación— si me hubieras consultado no habrías cometido una locura como esta, es algo que debí advertirte, también por eso tu actuación es mi responsabilidad.

Vamos, vamos a ver al más viejo antes de que amanezca.

Tarde en la noche se reunió el consejo de ancianos, compuesto por los hombres mayores de la aldea, el más viejo, que fungía, como es costumbre, como la máxima autoridad, dio un ligero paseo por la pequeña explanada frente a una choza, se veía cansado, quizás serían los años, tal vez el peso de la responsabilidad, o la situación embarazosa en que lo había colocado aquel alocado joven, la cual era la más difícil que había enfrentado en su larga vida. Miró a cada uno de los miembros del consejo, después cruzo su vista largamente con la de M'gueso hasta que este bajó la suya y preguntó:

— ¿Ahora qué hacemos? El error ya se cometió, el mal está ya hecho, de ninguna manera seremos perdonados por tal delito.

Un anciano de pequeña estatura y cabeza rapada, por su aspecto, pasado ya de los setenta, se puso de pie, miró respetuosamente al más viejo y dijo:
—No creo, como dices, que ya tengamos solución para este asunto. Propongo que demos de comer a la aldea y después desaparezcamos los residuos enterrándolos, quizás podamos lograr que no se percaten de la falta del animal; de esa forma sería muy difícil que se enteraran de lo sucedido.
—Eso sería otro error — dijo en tono pausado y tembloroso un anciano ya pasado de los setenta y cinco — con eso agravaríamos aún más nuestra situación, lo mejor es enviar a alguien a que hable con el amo y le diga lo que ha sucedido, explicarle que fue sin intenciones, un accidente.
—Eso sería como ponernos de antemano a su merced — dijo M'gueso irritado.

El más viejo mirándolo con ojos chispeantes por la ira, lo empujó con su bastón por el pecho y en tono firme le dijo:
— ¿Quién te dio permiso para hablar? ¿Quién te dijo que formas parte del consejo? Si vuelves a abrir la boca para hablar, será lo último que hagas en tu alocada vida. Si estas aquí con nosotros esta noche es para responder ante el consejo de tu error, para recibir el castigo que te mereces, ¿entiendes eso?

M'gueso, bajando la cabeza y sin pronunciar palabra asintió moviendo la cabeza, mientras el padre lo empujaba para la parte más oscura y apartada de la explanada.
—Lo mejor será que abandonemos la aldea y huyamos lo más lejos que podamos — dijo un anciano alto, de extremidades largas y huesudas.
—Pudiéramos comernos la res y huir — dijo otro, en tono muy bajo y poco convencido.

El más viejo dio otro paseo, miro para el cielo alumbrado por la luna nueva, como si buscara en las alturas una solución al problema que tenía ante sí, después moviéndose lentamente y en tono suave y pausado, con sólo un hilo de su voz, enronquecida por el paso de los años, dijo:

—Vamos a hacer todo, o casi todo, lo que ustedes recomiendan, como se ha dicho aquí el mal está hecho, no tenemos alternativas, no podemos dar para atrás a los acontecimientos, ni sería correcto que nos deshiciéramos del animal sin tocarlo, sabiendo del hambre que padece la aldea. Por lo tanto daremos de comer a la población, y después esconderemos los restos del animal, en distintos puntos de la zona más intrincada de los alrededores y en unos días nos iremos de este lugar para establecernos en otro, lo más lejano posible, eso será muy duro, pero no tenemos otra alternativa.

En cuanto a M'gueso, debe ser expulsado, no vivirá más con nosotros, bajo nuestro mismo techo, no podemos albergar a alguien que no respeta las prohibiciones, las costumbres, ni las jerarquías; le daremos veinticuatro horas para que se marche, se deberá llevar con él parte de los huesos del animal para que los bote lo más lejos que le sea posible.

Ahora debemos seleccionar dos o tres hombres, de los más diestros, para que descueren al animal y lo trasladen para acá.

Al amanecer del día siguiente, un hombre de la aldea se presentaba en la puerta de la hacienda, una bella mansión de tres plantas, donde se podía disponer por sus moradores de las comodidades y el confort de una moderna residencia, de la ciudad. Estaba rodeada de un alto muro, dotado de un sistema de protección basado en alto voltaje, para impedir el acceso de personas extrañas y animales feroces. Sus paredes estaban pintadas de blanco y sus techos estaban conformados por tejas francesas de color verde intenso; al costado mismo de la residencia se encontraba una pequeña pista de aterrizaje, desde la cual el dueño despegaba su avioneta, para hacer pequeños viajes a la capital, la nave aérea cuando no efectuaba vuelos, permanecía en una gran edificación de mampostería y techo de zinc, que servía de Hangar y donde se guardaban además, los camiones, autos y equipos agrícolas de la hacienda.

Al ver al nativo acercarse al portón de barrotes de acero forjado, uno de los custodios que permanecía de guardia se presentó en el lugar y dijo:

— ¿Qué quieres negro? No sabes que no puedes acercarte a puerta de la hacienda.

—Quiero hablar con el amo — dijo el hombre en tono sumiso, sin levantar la cabeza, en una actitud como quien espera que le propinen un golpe.

—Y tú crees que eso es suficiente, para que él te reciba— dijo, en tono un poco burlón, Gonzálvez, el guarda espaldas del hacendado, que de inmediato acudió al portón para ver que sucedía.

—Es que él debe saber que le están matando sus reses — dijo Tsé en tono confidente, un hombre grueso, de pelo escaso, el que, desde que era un niño, sentía por M'gueso un odio inusitado e inexplicable. La actuación de aquel le daba oportunidad de dañarlo, si el amo se enteraba de quién le había matado su res no lo perdonaría y lo haría pagar bien cara su osadía, seguramente lo haría colgar, como había sucedido antes con otros que habían incumplido las ordenes del patrón.

—Espérate ahí y no te acerques a la reja, que voy a hablar con el señor — dijo Gonzalvez, y salió caminando conduciéndose por los amplios jardines hasta la puerta de entrada de la mansión. Mientras, otro custodio se presentaba apresuradamente al portón para vigilar al desagradable visitante.

Unos minutos más tarde Gonzalvez regresó y le abrió una pequeña hoja de puerta ubicada en el extremo del portón, haciéndole un gesto a Tsé para que entrara, conduciéndolo después hasta la parte trasera de la hacienda, donde lo esperaba en persona Don Cipriano de Castaneda, propietario de miles de hectáreas de los contornos, quién recibió al negro sumiso con tono displicente y expresión de desprecio en el rostro, diciéndole:

— ¿Quién eres que te presentas de esta manera a denunciar a los tuyos?

—Soy Tsé, — dijo el hombre metiendo su cabeza en el pecho, mirando para el suelo como esperando que lo maltrataran — nací en la aldea, siempre he sido fiel a las ordenanzas de usted, y a las de su difunto padre, por eso es que no quisiera verme envuelto en una situación como la que ha creado M'gueso, que fue el que mató al toro para darle de comer a los vecinos de la aldea, es alguien que le gusta destacarse, hacerse el valiente ante los ojos de todos, por eso es que nunca lo he soportado, además desde que nací mi padre me enseñó a ser fiel a usted.

—A ver cuéntame como fueron las cosas — dijo Don Cipriano, sin dejar de mirar inquisitivamente al hombre que tenía frente a sí.

Tsé le contó a su manera lo que había sucedido, así como los planes que existían de comerse al animal y después deshacerse de los desperdicios, para que nadie se percatara de su desaparición.

Don Cipriano le puso la mano sobre el hombro y en tono muy bajo le preguntó:

— ¿Cuánto quieres por tu información?

—Nada mi amo, si lo hago es para servirle.

—Bueno, entonces vete ya, yo me ocuparé de pedir cuentas por lo sucedido a los responsables y te aseguro que seré implacable con ese M'gueso.

Esa mañana, en medio de la alegría de los vecinos del lugar, M'gueso fue expulsado oficialmente de la aldea y salió cabizbajo y sin destino determinado por la espesura de los bosques circundantes, lo acompañaban en tono de despedida su hermano menor M'bindas y su novia Suana. Los primeros segundos el trayecto lo hicieron tristes y en total silencio, la angustia de la separación los mantenía compungidos. Fue Suana la que rompió el silencio cuando a todo llorar dijo:

—Me gustaría saber para donde te diriges, para pronto reunirme contigo.

M'gueso, poniéndole su brazo por encima de la espalda respondió:

—Ahora ni yo sé para donde me dirijo, pero no te preocupes, cuando tenga donde estar, volveré por ti para llevarte conmigo.

Mientras, en la aldea irrumpían los hombres de Don Cipriano, al frente de los cuales venía el capataz Gonzalvez, que era altamente conocido por todos, por sus crueldades y asesinatos; eran en total diez hombres, armados de fusiles y ametralladoras. A golpes y empujones reunieron a todos los vecinos en un montón frente a la pequeña explanada ubicada delante de las chozas.

Al centro de los pobladores, en silencio y con paso lento y seguro se fueron colocando los ancianos miembros del consejo, llegaban a su puesto con cara de orgullo, sabían lo que les esperaba, pero estaban dispuestos a enfrentarlo con valentía y dignidad.

De la multitud salió Tsé, el que tirándose a los pies de Gonzalvez y señalando para el bosque dijo:

—Se ha marchado, M'gueso se ha marchado, no debe andar lejos.

El más viejo de la aldea sin pensarlo dos veces se dirigió a él y le propinó un fuerte golpe con su bastón en pleno rostro.

Tsé, asustado y chorreando sangre, fue a esconderse detrás de los asaltantes, Gonzalvez mientras empujaba con un golpe de fusil por el pecho, de manera violenta al anciano, revolcándolo por el empolvado suelo, señaló para tres de sus hombres y les dijo:

—Vayan con éste para localizar al tal M'gueso, cuando terminen con él regresen para acá, que hay muchas cosas que hacer aún.

Suana y M'bindas regresaban de despedir a M'gueso, cuando al asomarse a la aldea pudieron ver y oír todo lo que acontecía. Suana con un gesto hizo retroceder al niño y escondidos en la maleza esperaron por el desarrollo de los acontecimientos.

Gonzalvez, con una carabina automática en su mano derecha comenzó a pasearse de manera arrogante y prepotente por delante de los hombres, mujeres y niños de la aldea, que se encontraban congregados frente a él, tras un ir y venir se detuvo frente al más viejo y a toda voz dijo:

—Ustedes se han atrevido a tomar por la fuerza algo que no les pertenece, es la primera ocasión que sucede algo parecido en toda la zona, pero les garantizo que será la última, todos en los alrededores sabrán como se paga un error de este tipo, de la única manera posible, con la muerte.

Después de pronunciar estas amenazantes palabras se colocó de frente a los vecinos de la aldea, acompañado a cada lado por un grupo de sus hombres y comenzó a disparar; de todas las armas comenzó a salir aquel plomo mortal que hacía caer uno tras otro a niños, hombres, mujeres y ancianos.

En unos segundos, los pobladores del lugar fueron reducidos a un amasijo de cuerpos destrozados por las balas y un torrente de sangre comenzó a manchar de oscuro el empolvado suelo de la aldea.

Suana y M'bindas, desde su posición en la espesura, temblaban de horror en silencio, frente el espectáculo que tenían ante sí, pero no se movieron, sabían bien que una imprudencia la pagarían con sus vidas. Allí, sin moverse, permanecieron por largas horas contemplando como hacían un gran hueco con un equipo, para después lanzar en él los cadáveres de sus vecinos y seres más queridos, posteriormente pudieron también observar como aquellos hombres despiadados destruyeron las chozas, que servían de viviendas a los asesinados y que componían la totalidad de la aldea.

Tarde en la noche, cansados, hambrientos y muertos de sed, Suana y su pequeño acompañante pudieron finalmente abandonar el lugar, después que Gonzalvez acompañado de sus matones y de Tsé, había abandonado el lugar y regresado rumbo a la hacienda de Don Cipriano.

Esa noche caminaron sin parar en línea recta, atravesando matorrales, ninguno de los dos con anterioridad había salido de los limites de la aldea, mucho menos de noche, por lo que los ruidos y movimientos los mantenían bajo un alto estado de tensión y nerviosismo, pero no se podían dar el lujo de detenerse, debían avanzar, alejarse lo antes posible de aquel tenebroso lugar, donde hasta hacía sólo unas horas estuviera su hogar, sus seres más queridos y sus más caros sueños y esperanzas, sobre todo en el caso de ella, que recién se asomaba a la vida de adulto.

Tarde en la madrugada, cuando ya se disponían a tomar un descanso, se tropezaron con el cuerpo de M'gueso que colgaba de un alto árbol. Suana en un ataque de histeria comenzó a llorar mientras decía a gritos:

—Lo encontraron, lo encontraron y lo han ahorcado, mi pobre M'gueso está muerto también, es algo que nunca perdonaré al traidor de Tsé.

Unos segundos más tarde en un ataque de histeria, Suana, seguida del niño, se desprendía a todo correr por dentro de la selva, recibiendo en el rostro y el cuerpo, arañazos y cortadas, producidas por las hojas y espinas de las plantas silvestres con las que tropezaban en su rápido huir, pero nada era capaz de detenerlos en aquel arranque, casi de locura, en que habían caído.

Ya amaneciendo, exhaustos de cansancio, muertos de sed y hambrientos, se tiraron a la sombra de un frondoso árbol y pronto se quedaron dormidos.

El primero en despertarse fue M'bindas, que impulsado por la sed hizo un recorrido por los alrededores para ver si existía agua, la que encontró no muy lejos, en un pequeño arroyo que cruzaba próximo al lugar donde dormía Suana. Bebió de aquella agua con desesperación y más tarde regresó con la intención de despertar a su compañera de apuros, para que bebiera del precioso líquido, pero al aproximarse al lugar pudo contemplar con horror, como la única persona que le quedaba en el mundo, era virtualmente destrozada por una pareja de panteras, que se disputaban trozos de su cuerpo.

M'bindas, a pesar de su corta edad, comprendió que allí sólo encontraría la muerte y salió a todo correr por dentro de la tupida selva, corrió durante horas, haciendo pequeños descansos cuándo su organismo no soportaba aquel ritmo de marcha, hasta que finalmente cayó completamente agotado. Allí tirado en el suelo pasó el resto del día y la noche, pasaba del sueño a la inconsciencia, la fiebre hizo presa de él y hubiera muerto de no ser porque pasó por allí un anciano, quién al verlo se compadeció de él y lo llevó cargado hasta una choza que tenía en las proximidades.

Durante varios días el anciano Nuno, con hierbas curativas, algunos medicamentos que conservaba y ungüentos preparados por él, curó de las heridas y llagas que tenía M'bindas por todo el cuerpo. Al tercer día de aquel tratamiento la fiebre comenzó a ceder, y Nuno empezó a alimentar al delicado y debilitado niño; lo hacía con caldos elaborados a base de pescado, hojas de mandioca y calabaza, las que le daba a beber cada dos horas en pequeñas porciones.

Unos días más tarde, Nuno pudo escuchar de boca del pequeño la triste historia de lo acaecido, comprendiendo de inmediato que el muchacho había quedado totalmente solo y desvalido, por lo que decidió que cuidaría de él hasta que se hiciera un hombre, o hasta que él abandonara el reino de los vivos, porque su viejo y cansado cuerpo no resistiera más las inclemencias de la vida.

Nuno tampoco tenía familia, su vida fundamentalmente se había desarrollado fuera de áfrica, de joven, buscando fortuna y aventuras, partió para Europa enrolado en un barco mercante en el cual por su trabajo le pagaban un mísero salario, y donde lo trataban como si fuera un esclavo; pronto comprendió que tal empleo era una forma de esclavitud, una vez enrolado no existía posibilidad alguna de salirse de aquella embarcación, los que intentaban abandonar aquel supuesto empleo, eran encerrados en las bodegas de la embarcación, donde los sometían a las más increíbles torturas para que abandonaran sus intenciones, de ellos, los que se arrepentían volvían a sus laboras habituales, pero los que se resistían, terminaban en las profundidades del océano por el que se estuvieran moviendo y concluían su existencia como alimento de tiburones.

Siempre que la nave tocaba puerto en uno de los países de áfrica, tanto él como el resto de los tripulantes de origen africanos, podían bajar y moverse a su antojo; muchos desertaban en estos lugares, pero la jefatura del buque ni se molestaba en buscarlos. Nuno llegó a pensar que era parte del negocio, estos hombres que huían dejaban su paga y eran allí mismo reemplazados por otros, que llenos de sueños se enrolaban en el barco.

Dentro de la organización en la embarcación, él y sus coterráneos, realizaban las laboras más rudas y difíciles, para las actividades técnicas y administrativas, existía un grupo de hombres blancos de distintas zonas de Europa que las desarrollaban.

Cuando el buque tocaba puerto en algún lugar de Europa, o América, los tripulantes negros eran encerrados en la bodega, donde normalmente dormían y no podían salir de ella, hasta que el barco zarpaba nuevamente.

Nuno se propuso desde un primer momento salirse de aquella situación, el dinero que ganaba le alcanzaba escasamente para fumar y beberse algún que otro día un trago, por lo que para ahorrar dejó de fumar y de beber, guardando entre sus sucios y raídos ropajes el dinero que iba acumulando. Esta misma actitud la asumieron tres de sus compañeros de desgracia, por lo que cuando tuvieron el dinero suficiente pudieron sobornar a uno de los oficiales del barco, para que al arribar a un puerto de Europa, los dejara escondidos fuera de la bodega. De esta manera fue que junto a tres de sus amigos pudieron escapar de aquella ratonera donde se habían metido.

Fue en un atardecer, mientras el buque esperaba para atracar en un puerto Francés, el oficial que les había dejado fuera de la bodega les dijo que era el momento, debían lanzarse al agua y nadar hasta la orilla, para de esa manera burlar la vigilancia del buque y la de las autoridades portuarias.

A pesar de que era pleno verano, cuando se lanzaron al mar el agua estaba tremendamente fría, por lo que dos de los hombres que lo acompañaban en la fuga se ahogaron, siempre con posterioridad, se supuso que producto de calambres, producidos por las bajas temperaturas y posiblemente también por la falta de habilidad de aquellos hombres para moverse en el agua, que los obligó a tomar descansos prolongados, solamente Nuno y Sebastiao, habían logrado llegar a la orilla y de manera subrepticia introducirse en territorio Francés.

Después, vinieron días también difíciles y de duro deambular por las calles de aquel desconocido país, no tenían documentos, no entendían el idioma, no sabían moverse en aquella inmensa ciudad, ni conocían a nadie, ni siquiera estaban muy claros del lugar de Europa donde se encontraban.

Por suerte, una de las primeras noches se encontraron con un africano que trabajaba como dependiente en un bar cafetería, era de la misma zona que Nuno que al ver sus rasgos se comunicó con él en su dialecto natal diciéndole:

—Soy de tu tierra, acabo de llegar, estoy en desgracia, no sé bien ni en que país estoy, no entiendo el idioma y tanto mi amigo como yo, no comemos nada prácticamente desde que desembarcamos, hace ya varios días.

El hombre había mirado a Nuno con una sonrisa en los labios y en el mismo dialecto le respondió:

—Mi nombre aquí es Charles, me cambié el de allá, porque para los franceses era muy complicado de pronunciar.

Te debo decir que no estás tan en desgracia, más bien se pudiera decir que estas de suerte, te has encontrado con la persona indicada, lo que es prácticamente increíble en una ciudad como esta, donde habitan millones de personas, yo llevo ya más de diez años en este país, que por cierto es Francia y nunca me he topado con nadie de allá, del continente africano, ahora les daré algo de comer y después, cuando termine mi turno, te llevaré a ti a tu amigo a un lugar seguro, donde podrás permanecer hasta te habitúes, aprendas a moverte, y puedas conseguir en que laborar.

Treinta años habían pasado desde aquel día, hasta que salió de Francia, la que consideraba su segunda patria. Allí en aquel país que lo recibió sin mucho miramiento, aprendió no sólo el idioma, sino también las costumbres, la educación, historia y geografía del continente y del mundo contemporáneo.

Después de años de trabajo había comenzado a estudiar hasta llegar a la Universidad, donde finalmente se graduó de médico. Ya en segundo año de la carrera conoció a Sonia, una mestiza latinoamericana, con la cual empezó una relación amorosa que culmino en matrimonio. De esta unión nacieron dos hermosos muchachos, una niña y un varón, los que tenían dieciséis años el varón y cuatro la niña, en el momento en que sucedió aquel terrible y trágico accidente automovilístico, en el que perdieron la vida Sonia, que iba conduciendo y sus dos hijos; de eso hacía ya cinco años.

En un primer momento Nuno pensó que podría restablecer su vida en el gran país, que lo había albergado como a un hijo, pero pronto se percató que su vida se había acabado, o por lo menos se había quedado vacía de pronto, pensó que ya no era tiempo de comenzar, valoró durante un tiempo que era lo mejor que podía hacer y decidió vender todas sus propiedades, guardar el dinero en un banco y regresar al áfrica.

Fue algo instintivo, como son muchas las cosas de la vida, le entró un desasosiego por regresar, allá en el antiguo continente no tenía familiares ni amigos, pero con sus conocimientos podría ayudar a los enfermos y de alguna manera colaborar en algo para aliviar la penosa situación en que se encontraba su tierra natal.

Si en un futuro decidía rehacer su vida, sacaría el dinero que dejaba guardado y podría con él continuar el ritmo de vida que había llevado en los últimos años, por el momento no necesitaba más que para el viaje, en su tierra viviría en la zona donde había nacido, comería de lo que le pudiera sacar a la naturaleza y como era la costumbre en la zona, se vestiría solamente para tapar su cuerpo y no para lucir.

Todo el tiempo transcurrido desde el momento de su retorno lo había pasado trabajando, tenía una pequeña choza que construyó con sus propias manos, era como todas en las afueras de una cabecera de municipio, allí atendía a cuantos necesitaban de sus servicios, no cobraba un centavo por sus atenciones, pero a cambio todos, de una manera u otra, colaboraban a que se mantuviera vivo y sano regalándole alimentos, ropas y artículos de primera necesidad, por su deje francés pronto comenzaron a nombrarlo Nuno, que era como se le conocía en todo el territorio del municipio.

Quizás la situación en que se encontraba la vida de Nuno cuando apareció el niño, colaboró de manera importante a la relación de compenetración y cariño que se estableció de inmediato entre él y M'bindas, el muchacho desde el momento en que lo encontró, despertó en él viejo médico los más puros sentimientos paternales que había dejado años atrás en la capital francesa.

Desde el primer momento Nuno lo tomó como a un hijo, y se dedicó a enseñar al pequeño los rudimentos indispensables para la vida, primero fue en el conocimiento de las condiciones mínimas necesarias para la subsistencia, en condiciones de extrema soledad o aislamiento, en cualquier punto de áfrica.
—Los instintos entran por los sentidos — le explicó en los primeros tiempos al niño— el oído te sirve para escuchar, pero debes aprender a utilizarlo correctamente, y en ventaja contra los animales, o quienes te persigan, eso lo logras, haciendo tú el máximo de silencio, si es posible te recuestas al tronco de un árbol y desechas todos los sonidos propios del

contorno, para esto tienes que valorar donde te encuentras, si hay aves, valorar sus cantos, si hay animales, conocer sus sonidos característicos, así como el ruido que producen las hojas al caer, del viento al chocar con las ramas, del deslizarse de un reptil, todo esto debes aprenderlo durante tu vida, para que cuando te sea necesario puedas discriminar estos sonidos y dejar sólo los que son nuevos, distintos al entorno donde te mueves, en este caso la selva, o la pradera, la montaña, o el llano.

Debes aprender a caminar y a moverte sin que te escuchen, al principio se hace colocando el talón de cada pie con mucha suavidad y dejando caer, también muy suavemente, el resto de la planta, los primeros tiempos se hace de manera lenta, pero cuando lo prácticas mucho, puedes hacerlo a buena velocidad. Esto te permitirá, moverte, e incluso correr sin ser advertido, por lo menos a una distancia suficientemente prudencial, como para escapar, o aproximarte sin ser detectado.

Después tienes el olfato, los olores también debes codificarlos en tu mente, cada animal huele de una manera, cada árbol, cada flor, cada insecto, también tiene su propio olor, así un lugar tiene sus propios olores, una montaña no huele igual que una pradera, ni donde hay agua en las proximidades, huele lo mismo que donde la seca hace sus estragos.

Por otro lado, el contacto de un ser viviente con un entorno varía sustancialmente los olores. Las hierbas cuando las pisas suelen desprender el aroma que le es característico, subiendo su tono en el ambiente, son cosas que debes aprender con toda la calma del mundo.

Un hombre, o una bestia, no huele igual cuando corre, que cuando camina, cuanto ataca, que cuando es atacado, cuando espera para atacar, que cuando espera a que lo ataquen, cuando esta tranquilo, que cuando esta encolerizado.

Es importante que aprendas a conocer de donde viene el aire y tratar de no exponerte tú, a que puedan descubrir tus olores con facilidad, y aprovechar para situarte en ventaja, colocándote de tal manera que lo que quieras olfatear esté a contraviento, si tuvieras necesidad de moverte con el aire a tus espaldas y el enemigo al frente debes hacerlo de manera tal que este movimiento traslade lo menos posible tus olores caminando de árbol en árbol, de arbusto en arbusto, también puedes cubrirte, o frotarte plantas o flores, que desvirtúen tu presencia.

La vista es uno de los sentidos más importantes del ser humano, por lo cual debes desarrollar una memoria óptica que te permita descubrir cualquier anormalidad en tu entorno, por pequeña que esta sea, una rama recientemente rota en el suelo, un gajo de un árbol estropeado en determinada altura, un objeto brillante en el lugar inapropiado, la llama de un fósforo, la candela de un cigarro, un objeto ajeno a un lugar determinado, por ejemplo una botella, una caja de cerillas, o cualquier objeto de este tipo, en medio de la espesura de la selva, o en plena pradera son síntomas de presencia humana.

Igual sucede con los animales, abren paso dentro de la hierba produciendo roturas y desgajes, que te permiten conocer cuando pasó y en que dirección camina, dejan cagadas que hay que reconocerlas por su frescura para determinar el tiempo que lleva en el lugar, y por ella calcular el tiempo que hace que pasó por allí, y donde puede encontrarse quien las dejó; por las noches, si alumbras con una luz a la oscuridad, los ojos de los animales brillaran como luces y quedan al descubierto para ti, casi invariablemente los ojos de los animales nobles alumbran azul, los de la fieras rojas y la de los macacos amarillas, en fin, es algo que en su momento debes practicar y estudiar.

Una bandada de aves que eleva su vuelo de pronto, y en forma agitada, puede anunciar la presencia de alguien, o algo, que ellas consideran peligroso, también un grupo de ellas comiendo en el suelo en forma masiva y moviéndose, puede anunciar que hay fuego, o que corre el agua, porque los insectos huyen de estas cosas y se concentran, facilitando a las aves su localización, igual sucede cuando las aves de rapiña se arremolinan en el aire, esto quiere decir muchas veces que en el suelo, debajo del lugar donde sobrevuelan, existe algún animal o persona muerta, pero a veces simplemente sucede que alguien se encuentra tirado al suelo, y las aves lo ven como posible alimento, en ese caso pudiera ser que sea una persona que se encuentre al asecho, esperando por ti. De cualquier manera es una indicación a tener en cuenta, valorándola en su momento según el caso.

Por el tacto puedes determinar el tiempo de una huella de pisada, las más recientes son más húmedas, o están mas definidas que las más antiguas, igual sucede con la cagada de un animal; también pueden determinar el tiempo que lleva rota una rama de un árbol, a partir del primer día, generalmente empiezan a cubrirse de resina, mientras más días, más seca y endurecida.

Estos son sólo ejemplos, lo importante como te decía al principio, es habituar los sentidos para fortalecer el instinto, mientras más observes todo lo que te rodea, más notaras una diferencia cuando aparezca, y eso de por sí ya será suficiente, para que te pongas en guardia y no te sorprendan, lo que de hecho te dará ventaja sobre tu adversario, sea un hombre, o un animal.

En esta etapa de su vida, que duró varios años, M'bindas, tras mucho practicar, observar y estudiar, aprendió de Nuno infinidad de cosas, entre ellas, que era nacido en un continente llamado áfrica, que este continente era inmenso, ocupando una de las cinco partes del mundo, de ella aprendió su geografía, su clima y vegetación, así como su fauna y su hidrografía, pero sobre todo le insistió en su historia, desde los tiempos en que fue conquistada por las viejas civilizaciones egipcias, cartaginesa y romana y más tarde la de los holandeses, ingleses, españoles, portugueses y franceses, los que se habían repartido su territorio para explotarlo y saquearlo, en muchos casos hasta el momento en que recibía aquella interesante explicación.

Sus conocimientos se ampliaron a escala del mundo en geografía e historia, incursionó por las matemáticas, la física, la química la astronáutica y aprendió varios dialectos, así como correctamente los idiomas Portugués y Francés, con lo cual comenzó a tener acceso a revistas y periódicos, que adquiría Nuno, y que lo actualizaban de los sucesos más importantes acaecidos en el mundo.

En la zona donde se desarrolló esta etapa de su vida, M'bindas conoció de la crudeza en que vivía la población, el nivel de explotación y los abusos que a diario cometían las autoridades colonialistas. También hizo amigos; conoció a Romau, un muchacho poco mayor que él, de constitución muy fuerte, simpático y buen amigo, juntos acompañados de López María y Katungo, con los que salía de pesca, y juntos hacían planes y tejían sueños para el futuro.

Cuando cumplió los dieciocho años, Nuno le propuso marchar a la capital, donde se establecerían durante un tiempo, para lo cual el anciano contaba con la ayuda de un médico que había estudiado con él en Francia.

El camino para la capital fue largo y penoso, pues en más de novecientos kilómetros no dispusieron de transporte público, y los pocos vehículos que transitaban por la carretera por donde se movían, eran tripulados por blancos, razones que provocaron que la mayor parte del trayecto lo realizaron caminando, lo cual hacían de noche, descansando durante el día, sobre todo a partir del momento en que el sol comenzaba a calentar, porque era la mejor manera de soportar el arduo calor.

Como equipaje, solamente utilizaron la ropa que llevaban puesta, una vasija de güiro para transportar el agua, y una pequeña cacerola que utilizaban para cocinar los alimentos que conseguían en el propio camino, como hojas y raíces, además transportaban una lanza, un cuchillo y un machete, con los cuales se procuraban la manera de abastecerse de carne y pescado.

Generalmente acampaban en las proximidades de un río, o un arroyo, para tener garantizada el agua, para el día y para el camino de la noche siguiente, la mayoría de las veces las paradas las efectuaban debajo de un puente de la misma carretera por la que transitaban, con esto garantizaban el agua y la mayor protección contra animales feroces que casi nunca se acercan a los lugares por donde transita el hombre en sus vehículos, el puente le servía además como techo protector, de lluvias y de las inclemencias del sol.

Varios días más tarde llegaron a la capital. La ciudad aunque pequeña era moderna, lo que impresionó de manera importante a M'bindas, desacostumbrado totalmente a los ruidos, las concentraciones de personas, las edificaciones y construcciones, y él trafico de vehículos de la vida de una ciudad.

Bajo la dirección del viejo médico, se dirigieron directamente a la casa del doctor Costa Pinto, que residía en uno de los barrios residenciales de los más distinguidos de la parte alta de la ciudad.

La presencia del hombre nacido en Portugal, alto y delgado, de tez blanca, pelo castaño, tirando a rojo y su piel llena de pecas, sorprendieron a M'bindas, el doctor era blanco, no se pudo controlar y en un momento que éste se introdujo en el interior de la vivienda, mirando con cierto susto a su protector dijo:

—No me dijo en ningún momento que el señor era blanco.

—No era necesario que lo dijera, — dijo Nuno, con una sonrisa en los labios — pero si te he dicho muchas veces, que no todos los blancos son malos, ni todos los negros son buenos, acuérdate del cuento que me hiciste sobre aquel nativo que delató a los de tu aldea, que era negro.

Claro, en una situación como la que presenta el país, y una buena parte de áfrica el color de la piel, hasta cierto punto, está relacionado con la posición que ocupa cada cual en la sociedad. Los colonialistas son blancos, por su origen europeo y los defensores de la plena independencia son negros, porque son los oriundos de esta tierra, ahora como ha sucedido en todos los procesos similares que han existido en la historia de la humanidad, existen negros que apoyan y comparten las ideas colonialistas, y también hay blancos que comparten y luchan por la abolición de las colonias y la independencia. En este caso, estamos en la presidencia de uno de esos hombres blancos, que nacieron y crecieron en el país, y que comparten con los negros, no solamente sus penas, sino también las ideas independentistas de nuestro pueblo y están dispuestos a luchar por ella.

Costa Pinto llegó desde la cocina, donde había ordenado que prepararan algo de comer para sus visitantes, miró a Nuno largamente, le dio unas palmadas en el hombro, y en tono cariñoso dijo:

—No sabes cuanto me alegro de verte, pensé que nunca más tendría la oportunidad de disfrutar de tu presencia, que te encerrarías definitivamente en un lugar de la selva y allí morirías, ayudando a los tuyos, por lo menos esos eran tus planes la última ocasión en que nos vimos. ¿Qué te hizo cambiar de idea?

—Aquí lo tienes a mi lado — dijo Nuno señalando para M'bindas, con expresión cariñosa en el rostro— hace unos años tengo de que ocuparme, por que luchar, allá en la zona donde vivíamos, durante años le enseñé las cosas que pude, ahora lo traje para acá, con la intención de que concluya el liceo, y pueda con posterioridad ingresar a la Universidad, lo que, como sabes, tendrá que ser fuera del país, porque como bien conoces, aquí no hay Universidades para negros.

Aunque él tiene planes de trabajar aquí en la capital, para aprender un oficio, hemos coincidido en que las dos actividades se pueden combinar.

Ahora dime tú ¿Qué ha sido de tu vida? Me enteré de la separación con tu esposa, pero de tus dos hijos no he sabido nada en los últimos años.

—Los dos se encuentran estudiando en Portugal, me visitan en las vacaciones un año más que otro, ya al mayor le queda un año de carrera y al segundo dos, como sabes, se llevan solamente un año de edad.

— ¿Entonces te has quedado solo en esta casona? — preguntó Nuno, mirando con atención el rostro de su amigo.— Ciertamente no tan solo, — dijo Costa Pinto, mirando en dirección a la cocina — mi hermana Eulalia, no sé si alguna vez te hablé de ella, vive aquí desde hace poco más de dos años, su esposo, a pesar de que apenas pasaba de los treinta años, falleció de manera repentina; durante toda su vida padeció de un asma crónica, cada vez su salud empeoraba y en uno de los ataques que frecuentemente padecía se le complicó, hizo un paro respiratorio que se le presento de manera sorpresiva. La pobre Eulalia sufrió un fuerte golpe de la vida, porque se le murió en los brazos, sin tener tiempo para nada.

Por suerte o por desgracia, aún no tenían hijos, se encontraba muy sola allá en Portugal y con un estado de ánimos pésimo, por lo que decidió venir para acá una temporada. No ha dicho cuanto tiempo estará aquí, pero eso hace que, por el momento, me encuentre acompañado.

Pienso que se quedaran a vivir aquí, por lo menos por un tiempo, no sé que planes tienes, pero te ofrezco mi casa, y sabes que lo hago de todo corazón. Si también piensas dedicarte nuevamente a la medicina, debes saber que en mi consultorio tengo un espacio disponible en el que puedes laborar, no creas que me he olvidado de todo lo que hiciste por mí en Francia;

además, sabes que tenemos muchas cosas en común, que pensamos muy parecido sobre aspectos importantes de la vida y que ambos disfrutamos de conversar, y hacer valoraciones y análisis, sobre variados temas científicos y sociales.

Nuno pasándose la mano por su barba hirsuta de más de seis años y por su cabellera enredada y larga dijo:

—Como te he dicho vengo con intenciones de permanecer una larga temporada en la capital, mañana saldré a sacar dinero del banco, iré a afeitarme, pelarme y comprar ropa para mí y para M'bindas, en fin, volver a ser una persona de ciudad; después comenzaré a trabajar, si me cobras la renta en ese local que me ofreces en tu consultorio, para mí será un placer compartirlo contigo. Lo más rápido que me sea posible tendré que localizar alguien que prepare a M'bindas para el ingreso al liceo.

—En eso te podrá ayudar mi hermana Eulalia, — respondió Costa Pinto, levantándose de su asiento, para dirigirse a la biblioteca — sé que lo hará con mucho gusto, fue profesora de una Universidad en Lisboa, le encanta dar clases, cosa que no hace desde que llegó, estoy seguro que con eso llenará un poco su vida; a veces la noto triste, melancólica, extraña, sé que se aburre, pero se niega a salir, desde que está aquí, no ha ido al ni al cine, ni ha salido a ningún lugar ni en una sola ocasión.

Pero déjame avisarle, para que los conozca, como es su costumbre, seguro se encuentra en la biblioteca leyendo, allí se pasa las horas de las horas, todos los días.

M'bindas no había pronunciado palabra alguna, no dejaba de observar aquella majestuosa residencia, ya por el camino había visto casas de mampostería, residencias lujosas, e incluso edificios de más de una planta, también él tráfico de vehículos, las calles asfaltadas, las personas bien vestidas, en fin la civilización, tal y como se la describiera Nuno, en sus largas explicaciones sobre la vida moderna en las ciudades importantes africanas y de Europa y otras partes del mundo. Claro, una cosa era oír hablar de esas cosas y otra verlas, seguramente que con el tiempo se acostumbraría.

En unos minutos, apareció nuevamente Costa Pinto, esta vez acompañado de un bella y hermosa mujer, de aproximadamente treinta años, a M'bindas le llamó la atención la blancura de su piel limpia y lozana, y sobre todo aquellos ojos grandes y azules, hasta ese momento solamente los había visto negros y carmelitas, después le preguntaría a Nuno, de cuantos colores más de ojos existían.

—Mucho gusto — dijo Eulalia, dándole la mano al Nuno que se inclinaba para tomar la suya, mientras la miraba con una franca sonrisa en los labios.

—Este es M'bindas — dijo Costa Pinto, mirando con rostro reluciente por la bondad, al joven negro— es como si fuera el hijo de mi amigo, como te he dicho, Nuno le ha enseñado lo suficiente de los niveles primarios y secundarios, ahora lo que necesita es preparación para el examen de ingreso al liceo.

—Mucho gusto — dijo Eulalia mientras daba la mano al joven, que la miraba con cierto asombro disimulado.

—Está sorprendido — dijo Nuno, nunca antes vio una mujer blanca tan cerca, así que debe disculparlo.

Ahora, si no te es molestia, me gustaría que pudiéramos bañarnos, creo que aún hoy tendré tiempo para ir al banco y a la barbería, tanto a M'bindas, como a mí, nos vendrá bien pelarnos y vestirnos como las personas. ¿No creen?

Creo que lo más aconsejable es que les enseñe sus habitaciones para que puedan instalarse y hacer lo que deseen—dijo Costa Pinto— todas las recamaras están en la planta alta, las de ustedes son dos habitaciones que se encuentran una al lado de la mía y otra al lado de la de Eulalia, te recomiendo que tomes tú, la que se encuentra próxima a la mía, así tendremos oportunidad de hablar con más frecuencia.

—Correcto — dijo Nuno, mientras se ponía de pie, dispuesto a seguir a su amigo.

Una hora más tarde, ya bañados, salieron a la calle, y se dirigieron a una tienda, donde Nuno compró varias mudas de ropa para él y para M'bindas, el muchacho desde que había sido encontrado por Nuno siempre se vistió y calzó, pero aquellas ropas y zapatos escogidos de entre tantos, llenaron de admiración al joven. Después fueron a la barbería, donde ante la sorpresa del joven se pelaron, cada uno sentado en un moderno sillón distinto, y aún quedaban varios sin ser ocupados. Nuno también se afeitó, cuando concluyeron esta operación, nadie que les hubiera visto con anterioridad, pudiera imaginarse que se trataba de las mismas personas, Nuno sin barba y pelado, parecía diez años menor, su aspecto ahora era nuevamente el de un distinguido doctor en medicina.

Mirando a M'bindas cariñosamente, Nuno le dijo:

—Ahora pareces todo un ciudadano de la capital, pero eso es sólo el aspecto, no te debes confiar, tendrás aún que conocerla y habituarte a vivir en ella, para eso te sobrará el tiempo, porque aquí permaneceremos unos años, tengo la intención de regresar contigo a Francia, pero eso será en su momento, antes debes prepararte para el ingresar al liceo, y concluir sus estudios, para que después puedas ingresar allá, a la Universidad.

Como puedes apreciar, he decidido hacer un nuevo intento por rehacer mi vida, no te imaginas cuanto tiene de influencia en esta decisión tu presencia, la necesidad que ha surgido en mi de hacerte un hombre preparado, para que puedas tener una existencia floreciente y llena de cosas buenas. Hablando de cosas buenas, creo que debo comprarme un auto, quiero que aprendas a conducir. Pero eso lo dejaremos para mañana ya hoy hemos resuelto bastantes problemas.

M'bindas, con cara rebosante de alegría, miró a su protector y maestro y dijo:

—Ahora parece usted más mi hermano que mi padre, en cuanto a lo que puedo representar yo para usted, no sé, pero usted para mí es todo, la vida misma, es algo que no es necesario hablar, y como sabe nunca hasta ahora lo he hecho, pero cada día de mi vida, agradezco al cielo él haberme encontrado en el camino por donde usted transitaba.

Nuno, lo miró con los ojos húmedos por la emoción, y dijo:

—Creo que debemos regresar, ya Costa y Eulalia deben estar esperando por nosotros para comer, y no debemos ser desconsiderados.

Aquella primera comida en la capital, M'bindas no la olvidaría en el resto de su vida, a pesar de las explicaciones que durante su vida había recibido de Nuno, cuando se sentó a la mesa y observó los cubiertos, los vasos, las tazas, las fuentes, y todo lo que suele normalmente ponerse al servicio de un comensal, no sabía que hacer, ni por donde empezar, trató de comer con el tenedor pero la comida se le caía, tomó en sus manos un fino vaso de cristal y para su desgracia se le cayó al piso haciéndose añicos.

Nuno lo miró paternalmente, y le dijo:

—No te desesperes, ya aprenderás poco a poco, come hoy solamente con la cuchara.

M'bindas sintió como la sangre le subía a la cabeza, pero tanto Eulalia como Costa Pinto, en un acto de comprensión y cortesía, que él nunca olvidaría, se dieron por desentendidos, para no incrementar la vergüenza del joven.

Una semana más tarde, ya Nuno trabajaba junto a Costa en su consultorio, generalmente salían temprano, regresaban aproximadamente a las doce del día, almorzaban, y a las dos regresaban al consultorio donde permanecían hasta ver al último de los pacientes, cosa que no sucedía nunca antes de las seis de la tarde.

M'bindas también, después de adquirir los artículos necesarios, comenzó a recibir sus clases de Eulalia, las que se desarrollaban en dos secciones, con el mismo ritmo y horario, del empleado por los doctores en sus consultas.

Pronto Eulalia se percató de que aquél joven poseía una inteligencia privilegiada, que captaba cada explicación al vuelo, que tenía mucho más conocimientos y cultura de la que ella pensaba, lo cual le permitía entrar en nuevas materias y ayudarlo, incluso enseñándole modales, y otros aspectos elementales de la conducta, que le permitieran desenvolverse en el ambiente social que pronto debía frecuentar.

La presencia del joven comenzó a ser necesaria para la mujer, la tarea de enseñarlo ocupaba gran parte de su tiempo, pronto se sorprendió al ver que se dedicaba a él en cuerpo y alma, olvidándose por momentos de las penas y angustias que la habían obligado a trasladarse al continente africano.

En las noches, muchas veces Eulalia se sorprendía pensando en M'bindas, a veces le llegaba a la mente algún incidente, o suceso del día, otras, relacionaba estos pensamientos con algunas conversaciones sostenidas en su natal Lisboa, con el grupo de amigas que frecuentaba. Una de ellas, un poco mayor que el resto se había pasado gran parte de su existencia en Africa y frecuentemente hablaba de relaciones sexuales, que sostuvo con hombres negros, oriundos del lugar, hablando maravillas del comportamiento de ellos en la cama, en cuanto a que eran generalmente bien dotados por la naturaleza, y que poseían gran vitalidad y potencia, pero de lo que más hablaba sobre ellos, era de ese sentimiento de complacer que los caracterizaba, eran capaces según decía aquella amiga, de hacer cualquier cosa por complacer, además que en las relaciones sexuales con ellos, se sentía muy en lo profundo de su ser, la satisfacción tan grande que producía en aquellos negros, la posibilidad de disfrutar en la intimidad de una blanca.

Generalmente Eulalia desechaba estos pensamientos. No, lo que ella sentía por el joven negro, no era el deseo de la experimentación sexual, por él sentía simpatía, cariño, y hasta admiración, por la inteligencia fresca y abierta a los conocimientos, que mostraba ante cada cosa que se le enseñaba.

Una noche de insomnio, en el bochorno de un calor agobiante, lejos de encender el equipo de aire acondicionado, salió al balcón de su habitación, por donde corría una leve y agradable brisa. Sentada en un sillón se puso a observar la brillantez de una luna llena, que alumbraba los jardines y el patio de la mansión, mientras pensaba en su joven discípulo, quién era en esencia el provocador de aquel desvelo. ¿Con qué ropa acostumbraría dormir? Pijama, seguro que no utilizaba, esas eran costumbres muy europeas, en éste continente no había, ni temperatura, ni cultura, como para una cosa así, quizás dormiría en calzones, pudiera ser que hasta lo hiciera completamente desnudo.

De pronto se percató que su interés y su intención por el muchacho, era más que cariño y admiración, y que esos sentimientos de poseerlo como hombre, ya se estaban pasando de lo normal, y comenzaban a convertirse en algo enfermizo, e incontrolable, tenía que resolver este serio problema, pero no tenía idea de cómo, quizás lo mejor sería regresar a Portugal, siempre tendría una buena explicación que dar a su hermano, quién entendería, pero entonces dejaría a M'bindas, sin la preparación necesarias para presentarse a examen, y ya sólo quedaba un mes para ese acontecimiento, no, no le podía fallar de esa manera, esperaría hasta entonces. Fue lo último que pensó antes de quedarse completamente dormida, sentada en el sillón de su balcón.

A la mañana siguiente amaneció malhumorada, le achacó su estado de ánimos al haberse quedado dormida de aquella tonta manera, pero algo en su interior le decía que era más que eso, no tendría valor para alejarse del joven negro, no sin antes saciar aquel deseo carnal, que de forma creciente sentía por él y que como un fuego ardiente, le quemaba por dentro, sacándola de sus cabales.

M'bindas por su parte no veía a Eulalia de otra manera que como la profesora y amiga, que tenía la gentileza de ayudarlo a prepararse para la vida, le tenía un gran cariño y le gustaba sobremanera su compañía, también la sabía una mujer de una simpatía extraordinaria, además de linda y hermosa.

Tampoco aún había sentido esa necesidad sexual, nadie, ni el mismo Nuno, le había explicado sobre esas cosas, sabía algo de las relaciones amorosas y sexuales entre los hombres y las mujeres, incluso había visto filmes en los que estos se besaban, desnudaban y se tocaban, muchas veces se despertaba en las madrugadas, con unos deseos raros, que lo estremecían en todo su ser, pero pensaba que eran cosas normales, él nunca había tenido una experiencia sexual, de niño se había manoseado con niñas de la aldea, pero las cosas no habían pasado de eso, toqueteos.

A las nueve comenzaron las clases ese día. M'bindas, después de saludarla cariñosamente le preguntó:

— ¿Se siente usted bien?

—Estoy bien — respondió Eulalia, en tono más bien seco — no dormí bien eso es todo, en el transcurso de unos minutos se me pasará.

—Si quiere descansar un poco más, no tenga pena — dijo M'bindas, mirándole a los ojos como si le suplicara.

Eulalia, lo miró, y pensó que el muchacho estaba realmente preocupado por ella, entonces, suavizando el tono, le dijo:

—Si quieres vamos para mi habitación, te pongo unas tareas y mientras las haces, yo descanso un poco ¿Está bien?

Lentamente Eulalia se dirigió hasta la escalera y comenzó a subirla para dirigirse a su recamara; muy próximo a ella iba el muchacho moviéndose, como si para su adentro tarareara una melodía y la fuera bailando.

Cosas de negros; pensó ella cuando de reojo lo observó en esa actitud.

Ya dentro de la habitación, una recamara amplia, a esa hora del día iluminada por el resplandor del sol, con una inmensa cama, vestida con una sabana de seda rosada, con unos almohadones, también forrados de la misma seda, pero bordeada con unos finos encajes en blanco. A un costado, cubriendo el centro de una de las paredes una gran luna de espejo, devolvía la imagen de la cama en todo su esplendor.

Eulalia mandó a sentar a M'bindas, frente a una mesita que se encontraba situada al lado mismo de su cama, pero al otro extremo del ocupado por el espejo. Después con mucha calma fue a cerrar la puerta y poner en marcha el aire acondicionado, para que refrescara el ambiente y dirigiéndose hasta el lugar donde se encontraba el muchacho, lo miró fijamente a los ojos y le preguntó:

— ¿Qué tal tu vida sexual?

Él como si le hubieran preguntado sobre cualquiera de los temas que frecuentemente estudiaban respondió:

—Se puede decir que cero, de eso solamente sé lo que he visto en algunas películas desde que estoy aquí en la capital, incluso Nuno, que siempre me ha hablado de todo, sobre del tema, nunca me ha dicho una sola palabra.

—Entonces eres virgen, como se dice vulgarmente — dijo ella en tono coqueto, que él interpretó como de broma.

—Pensé que él término se utilizaba solamente para las mujeres — dijo él sonriente.

Ella, acercándose a la mesita frente la que él se encontraba sentado, dijo:

—También se utiliza para los hombres, lo que sucede es que abundan tan pocos con esa condición, que se ha ido quedando para las damas.

— ¿Entonces me puedo considerar un caso raro? — preguntó el joven, mirando a Eulalia mientras se acercaba.

Ella acercándose todo lo que pudo al joven, lejos de responderle le hizo otras preguntas:

— ¿No te gustaría probar? ¿Iniciarte como hombre? Tener tu primera relación intima con una mujer, dicen que eso no se olvida nunca, ni el hombre ni la mujer, que es algo que se guarda definitivamente en el recuerdo hasta él ultimo día de la vida.

— ¿Usted se acuerda de la suya? — preguntó M'bindas ingenuamente.

—Claro que me acuerdo — respondió ella, moviendo la cabeza como si espantara los recuerdos — aunque fue una de esas primeras veces clásicas, en la luna de miel después de casada, ya sabes como son las costumbres, pero respóndeme las cosas que te acabo de preguntar.

—Si — respondió M'bindas, un poco turbado — claro que me gustaría todo eso que usted me dice — pero no tengo la más mínima idea de cómo hacerlo, me han dicho que hay lugares donde las mujeres se alquilan por dinero, pero también me han dicho, que son antros donde puedes muy bien adquirir una terrible enfermedad.

—Además— dijo ella pegándose aún más al muchacho— sería un crimen que la primera vez fuera de esa manera ¿No crees?

El casi con la cara metida entre los senos de ella, pero sin sentirse provocado por aquella actitud, respondió:

—Si es tan importante como usted acaba de decir, seguramente que será mejor de otra manera.

Ella, tomándole la cabeza entre las manos, y mirándolo fijamente a los ojos preguntó:

—No te gustaría hacerlo conmigo, ahora.

El se encogió de hombros, medio apenado y dijo:

—Tendrá que enseñarme, eso también.

—Está bien— dijo ella pasándole la mano por el pecho, mientras le quitaba la camisa — será una asignatura más ¿Qué te parece?

El muchacho asintió con la cabeza, mientras ella terminaba de desnudarlo y se quitaba su vestido a todo correr, como si fuera lo último que se le permitiría en este mundo y se acostó en la cama sin desvestirla.

Su hermoso cuerpo, en toda su blancura, contrastaba de manera especial con el rosado de las sabanas, aquella imagen para M'bindas fue como un regalo del cielo. El joven más por el instinto, despertado ante el deseo de poseer aquella hermosa mujer, que por otra cosa, comenzó a deslizar sus dedos por aquella blanca y sedosa piel, mientras sentía una erección y un sobresalto en todo su ser, el corazón aumentó su ritmo de tal manera, que le pareció que se la saldría del pecho.

Sin mucho preámbulo se acostó sobre ella y comenzó a acariciarla, penetrándola sin dilación, ella lo acariciaba, le susurraba en tono musical frases suaves, para él desconocidas, pero agradables a sus atolondrados oídos.

Fue una relación primitiva, de mucha fuerza, casi bestial, llena de la lujuria de ella, y la iniciación de él, en una edad, en la que se acaban de despertar los instintos carnales de manera avasalladora.

Esa mañana, fue el inicio de una relación sexual inolvidable para M'bindas, que, como pensara años más tarde, entraba a la vida de adulto por la puerta ancha. Para Eulalia fue como el final de una etapa en la vida, esa mañana concluía la fase de las nostalgias, las tristezas, la soledad amorosa, los deseos reprimidos, y comenzaba la del disfrute de aquella extraña, agradable, y extraordinaria experiencia, que definitivamente, la sacaría de sus penas y añoranzas.

Cada uno se quedaba con una imagen particular sobre la experiencia. Él conocía por primera vez en su vida la relación carnal con una mujer, que además de hermosa y bonita, era ya experimentada y podía, como seguramente lo haría, enseñarle cada día cosas nuevas en el arte de amar.

Para ella, que hasta aquel momento sólo había tenido relaciones sexuales con su difunto esposo, las que recordaba como buenas dentro de los cánones normales, no tenía nada que ver con esta aventura con un hombre al que le doblaba la edad, que era prácticamente un niño, de la raza negra y de origen africano, alguien que, quizás por todo eso, era la vitalidad, la fuerza, y la potencia, que la sumía en la dulce pasión del disfrute diario y prolongado. Todo esto, quizás por un problema morboso, pensaba muchas veces, revestía una importancia sin precedentes en su vida y sabía que, con posterioridad, tampoco tendría oportunidad de conocer de algo similar, por eso se dispuso a disfrutar esta relación todo lo que humanamente le fuera posible.

Por suerte para M'bindas, ya las materias fundamentales que le era necesario dominar para presentarse a examen de ingreso al liceo, ya las había recibido, porque a partir de aquel día, gran parte de la mañana y la tarde se las pasaban en la práctica sexual, en novedosos jugueteos amorosos, en el deleite del disfrute del uno por el otro, aprendiendo cada día nuevas caricias y formas de aquella pasión avasalladora que les consumía todo el tiempo, físico y mental. No obstante se presentó a exámenes y los aprobó, por lo que pronto comenzaría los estudios en el centro docente.

Para Eulalia la noticia de la aprobación para el ingreso de su discípulo, fue una mezcla de tristeza y alegría, sabía que esta incorporación a clases en el Liceo era la oportunidad para que M'bindas pudiera en un futuro ingresar a la Universidad, y hasta cierto punto un reconocimiento a su labor como profesora, pero esto lo alejaba de ella, sabía que extrañaría su compañía, sus caricias, y aquella pasión que le profesaba cada día, la cual le había demostrado que puede más el instinto, que la experiencia, porque casi desde el primer momento la iniciativa en el orden sexual había estado de parte de él, inventando, innovando cada día nuevas formas, nuevas maneras de amarla, transportándola por caminos de placer que nunca ni siquiera soñó que pudieran existir.

A partir del momento en que M'bindas comenzó sus clases, empezaron a dormir juntos toda la noche, ella abría la puerta que comunicaba las habitaciones, después de poner seguro a las puertas de las recamaras de ambos, y temprano en la mañana, él se trasladaba a su habitación y ella cerraba la puerta. Esto compensaba en algo a Eulalia en las nostalgias de los días, que ahora se pasaba, sin la compañía del joven.

La entrada de M'bindas al Liceo, fue el inicio de una nueva etapa en su vida, allí conoció a un grupo de jóvenes, a los que se vincularía casi por el resto de su vida.

El centro docente era sólo para negros y mestizos, por lo que de alguna manera, todos los estudiantes habían sufrido en carne propia, unos más que otros, los rigores del colonialismo, ya decadente, pero aún con fuerza suficiente como para hacerse sentir en los sectores más humildes y discriminados de la sociedad.

Al primero que conoció fue a Joao, que era nacido allí en las afueras de la capital, sus padres tenían un pequeño negocio de venta de verduras en uno de los mercados del centro, por lo cual, él podía estudiar en aquel centro docente, donde era necesario pagar por los estudios que se impartían.

Lo conoció el primer día de clases, juntos comenzaban y eso de cierta manera los unió en aquella primera mañana de clases. Joao un joven de carácter fuerte y muy fornido de cuerpo, por lo que pronto todos lo comenzaron a llamar como el torito. Aquel día al salir al patio en un cambio de turno de acercó a M'bindas, y le dijo:

—Por lo que veo empiezas hoy, como yo.

—Sí, — respondió M'bindas, mirándolo detenidamente — acabo de empezar, además tengo el inconveniente que no soy de aquí de la capital y sólo llevo tres meses por acá, eso quizás me dificulte un poco más las cosas.

—No te preocupes — dijo Joao, mirándolo directamente a los ojos con sincera franqueza — verás como pronto nos adaptamos, yo si soy de aquí, así que si te puedo ayudar en algo, ya sabes.

— ¿Tu familia siempre vivió aquí?— preguntó M'bindas, más para mantener la conversación que por curiosidad.

—No, — dijo Joao con cierto tono de tristeza — éramos siete hermanos, el único nacido aquí soy yo, el resto nació en la zona sur, allá le iba de mal en peor a la familia, tres de mis hermanos mayores murieron asesinados por soldados coloniales siendo aún niños, fue en una de esas masacres que hacen, cuando quieren amedrentar a la población. Ese día mis padres decidieron venir para la capital, de eso hace ya más de quince años; aquí trabajando duro hemos logrado establecernos, todos en la familia se han sacrificado para que yo pueda estudiar y que en un futuro pueda ser, quizás el primero que logre ser un profesional en la familia después de muchas generaciones.

—Sé bien lo que son esas masacres — dijo M'bindas, con la vista perdida en los recuerdos — pero prefiero no hablar del tema ahora. ¿Para qué zona vives?

—Vivo en las afueras, al sur de la ciudad— respondió Joao, señalando con el brazo en esa dirección.

Ese día se fueron juntos y a partir de ese momento se volvieron inseparables, tanto en el aula, como en las áreas comunes de la escuela, como en actividades extraescolares, iban juntos al cine, y a distintos paseos.

Joao, poco a poco, le fue enseñando a su nuevo amigo los rincones de aquella ciudad, hermosa y moderna en su centro, pero rodeada en su gran mayoría por barrios insalubres en los que vivía la parte de la población que emigraba para la capital desde distintos puntos del territorio Nacional, trasladando con ellos su manera de vestir, de comer y en general los hábitos y costumbres de la zona, y de la aldea, donde habían nacido y crecido, adquiriendo pronto otros propios de la gente más humilde de la metrópolis. Allí hostigaba más que en ningún otro lugar la policía colonial.

Cuando M'bindas vio por primera vez la forma en que vivían aquellos compatriotas, no comprendió muchas de las cosas que observó, por lo que mirando con rostro preocupado a Joao le dijo:

—No entiendo como esta gente viviendo en la capital, no mejoran en algo su existencia, sé perfectamente que la mayoría son muy pobres, pero algo pudieran cambiar y a veces me da la impresión de que no lo hacen intencionalmente.

—Tú eres un negro asimilado — le dijo Joao, mientras caminaban por un parque de la ciudad, de regreso del Liceo.

— ¿Cómo es eso de asimilado? — preguntó M'bindas, mirando intrigado a su compañero de clases — no entiendo de qué me hablas

Joao, con una sonrisa en los labios, le respondió:

—No te preocupes, ni te pongas bravo, yo también soy un negro asimilado, así le dicen los nativos que se niegan a abandonar sus costumbres, a la gente como tú y yo, que vivimos con los adelantos, las costumbres y los hábitos de Europa, que imperan en las maneras de comportarse de los nacidos en esta ciudad.

Pronto, se sumó al par de jóvenes, un grupo de condiscípulos, algo había en ellos que atraía al resto de los muchachos. El primero en acercarse a ellos sería Tencho; bajo de estatura, de cabeza prominente y de una manera de mirar penetrante, con aquellos ojillos siempre inquietos, que daban a su cara redonda, cierto tono de simpatía.

—Me han dicho que acaban de crear el comité Nacional del Frente Nacional de Liberación — les dijo sin presentarse, como si los conociera de toda la vida — es algo muy importante para el país, se puede decir que el inicio de una era de emancipación de la República, pienso que con un órgano como ese, se podrá coordinar las acciones que ahora se realizan de manera espontánea.

M'bindas lo miró detenidamente, y después miró interrogativamente a Joao, quién al verlo preocupado le dijo:

—No te preocupes, que no se trata, como parece, de un provocador, lo conozco desde que cursábamos la primaria — y virándose acalorado para Tencho — tú como siempre, no cambias, no sé como ya no te has buscado un serio problema, con esa manera liberal que tienes de comportarte.

—Como me conoces a mí, yo te conozco a ti y sé muy bien que puedo hablarte sin problemas de un tema como este, así que no te alarmes, y dime que te parece lo que acabo de decir.

—Yo coincido contigo — dijo M'bindas, sin dejar responder a Joao — el problema es como sumarse a esa nueva organización para colaborar en la lucha por la independencia del país, es algo que siempre he querido hacer, pero les debo confesa, que no he tenido nunca la menor idea de cómo hacerlo.

—Dicen que el secretario general de ese Comité Nacional, es el famoso poeta Kuro Cávil — dijo Tencho, sonriente, mientras miraba con simpatía a M'bindas — ¿No sé si has oído hablar de él?

—Oír he oído — dijo M'bindas, mirando interrogativamente a Joao — pero no he leído nada de él, sólo sé que sus poemas cantan a la libertad y a la lucha, por la independencia y que por eso ha sido expulsado en más de una ocasión del país, y que ha sufrido prisiones y persecuciones de todo tipo.

—Así es — dijo Joao mirando para el espacio, como si tratara de recordar, o de encontrar las palabras mas adecuadas, para expresar sus pensamientos— para muchos es como el padre de la patria, el primer hombre del país, el más culto y preparado, el enemigo número uno del régimen colonial imperante en el país, y en casi todo el Continente, una figura que por su intelecto y su actitud, sobresale de las fronteras de nuestro territorio y es en sí una personalidad de toda Africa.

—Dicen que el Comité Nacional lo integran más de cuarenta personas,— dijo Tencho con cierto entusiasmo — todas de significativa relevancia en las artes, la ciencia y sobre todo en las luchas contra el colonialism, y por la independencia.

—El problema ahora es como contactar con ese comité — dijo M'bindas pensativo — no será nada fácil, me imagino que han tomado medidas de seguridad extrema para preservar la integridad de sus miembros, lo más probable es que radique fuera del país, como suele suceder en estos casos, y si se encuentra en el territorio Nacional, debe ser bajo el más estricto clandestinaje.

—Seguramente es así — dijo Tencho, con rostro radiante, pero Sulmira, nuestra compañera de clases, conoce a alguien que nos podrá poner en contacto con la dirección del frente, o con alguien muy vinculado a éste.

Joao, mientras se ponían en marcha para hablar con Sulmira, como si pensara en alta voz, dijo:

—Tengo entendido que estos frentes se ramifican por las provincias y los municipios, incluso se crean comités de base, en los lugares más importantes.

Joao conocía a Sulmira, como a Tencho, desde pequeño, pero con ella tenía más afinidad, y siempre fueron buenos amigos; por esa razón no le fue difícil abordarla sin mucho miramiento, sobre un tema tan escabroso, esa misma tarde

cuando salían de la escuela, se le acercó dejando un poco atrás a M'bindas, y en tono bajo le preguntó:
— ¿Es verdad lo que me ha dicho Tencho, que conoces a alguien del frente Nacional de Liberación?

Sulmira miró de reojo a M'bindas que los seguía, y con un gesto de desconfianza y de intriga, lo señaló con la cabeza como preguntando quién era, pero Joao con un gesto expresivo le aclaró que era alguien de confianza, por lo que finalmente la muchacha con rostro risueño le respondió:
—Es cierto que conozco alguien que dirige un comité del Frente. ¿Por qué me lo preguntas?
—Es que tenemos interés en incorporarnos a la lucha, y no sabemos a quién dirigirnos, dime cómo podemos localizarlo, o mejor aún ponme en contacto con él.
—Primero debo hablarle para ver si está en disposición de una entrevista con ustedes— respondió Sulmira mirando a Joao con cara llena de alegría — te debes imaginar que no me perdonaría que me apareciera con alguien, que para él sería cualquiera, diciéndole que lo ponga en contacto con el Frente.
—Entiendo perfectamente eso que dices — dijo Joao, mirándola de manera suplicante — pero es necesario que te comuniques con él y le informes que aquí, en el Liceo, existe un pequeño grupo de jóvenes que estamos dispuestos a lo que sea, por el logro de la independencia de nuestra tierra.
—No tengas dudas que lo haré lo antes posible — respondió Sulmira, con una de sus mejores sonrisas en los labios — sólo debes mantenerte en contacto conmigo, tan pronto me dé respuesta te lo digo.

Esa misma noche Sulmira se dirigió a una de las zonas más humildes de la capital, para entrevistarse con Lopo, un obrero portuario al que conoció a través de un tío, que también trabajaba en el puerto.

Lopo en persona fue quién le abrió la puerta de la pequeña choza de las afueras, donde vivía junto a su madre. Al ver a la muchacha, su joven rostro se iluminó de alegría, y mientras la mandaba a pasar, le dijo:

—Que bueno que me visitas, no pensé verte tan pronto, no me dirás que ya tienes el personal suficiente, como para crear un comité del Frente de Liberación en tu escuela.

Sulmira mirando al curtido obrero directamente a los ojos, y con rostro resplandeciente y risueño le respondió:

—La ocasión anterior en que hablamos, usted me dijo que con diez personas era suficiente para la creación de un comité, tenía siete y hoy me abordó un joven, al que conozco desde la primaria, el que dice tiene varios muchachos más.

— ¿Sabes que edad tengo? — preguntó Lopo y sin esperar respuesta continuó — sólo veintidós, es decir unos pocos años mayor que tú, así que suspende ese usted, que me hace sentir demasiado viejo.

Ahora dime, ¿Qué tal es ese que te abordó hoy? ¿Es de confianza? ¿No tiene vínculos con nadie comprometedor? ¿Se pudiera confiar en él?

—Sí, — dijo Sulmira sin pensarlo mucho — lo conozco, como te he dicho, desde pequeño, el colonialismo le ha matado a más de un hermano, su familia es del Sur, vino para la capital huyéndole a la situación desesperada que atravesaban en su aldea natal.

Ahora ¿Dime qué hago? creo que con estos estamos en condiciones para crear la organización en nuestro centro

Lopo la miró con cierta admiración; aquella muchacha le resultaba agradable en extremo, era de una simpatía fuera de lo común y muy bonita, le encantaba aquel contraste de sus ojos rasgados y de pestañas largas, con el negro intenso de su piel, era también de facciones muy finas, desgraciadamente el contacto con ella era de carácter oficial, no se podía dar el lujo de cortejarla, por lo menos en una primera instancia, sería algo que no lo ayudaría en su responsabilidad de delegado del Frente Nacional de liberación en todo el puerto. Entonces como si regresara a la tierra, la miró fijamente con el rostro muy serio y le respondió:

—Bueno, podemos hacer lo siguiente, dile que té presente a los jóvenes que están dispuestos a incorporarse, si te parece que son gente de confiar, me lo dices y entonces nos reunimos en algún lugar seguro, que en su momento te digo, y constituimos el comité del frente en el Liceo, creo que será el primero con esas características, que se constituya en el país, y la Dirección Nacional tiene un interés especial en él.

Allí estudian los negros y mestizos que serán los intelectuales y profesionales del futuro inmediato en el país, gente que tendrá de alguna manera un empuje especial en nuestra sociedad, por eso la importancia de que desde ahora abracen nuestra causa, para que no se pierdan después en los laberintos de los cargos administrativos de la colonia, y terminen de enemigos de su pueblo.

Esa tarde, mientras regresaban del consultorio en el auto de Nuno. En una parada que éste realizó en un semáforo esperando un cambio de luz, Costa Pinto mirándolo con rostro lleno de alegría le dijo:

—Hace días que tengo una grata noticia que darte.

— ¿De qué se trata? — preguntó Nuno, mientras ponía en marcha el auto, al ponerse la luz verde en el semáforo — por la manera en que té expresas debe ser algo muy trascendente, hace años no te veía tan alegre. ¿Un nuevo amor?

—No, no se trata de nada de carácter personal. — dijo Costa Pinto, volteándose de lado para mirarlo de frente — Sabes que se acaba de constituir el Comité Nacional del Frente de Liberación.

—Lo sé — dijo Nuno, sin dejar de atender al tráfico — es un acontecimiento muy trascendental, no se ha publicado, pero en las calles no se habla de otra cosa. Creo que desde que Bartolomé Días dobló el Cabo de Buena Esperanza en 1488, como algo más tarde haría Vazco de Gama, para poner en contacto nuestras tierras con la Europa de entonces, pocas cosas tan importante como ésta han sucedido en nuestro país.

¡Pero tu radiante alegría, es más que eso! ¿O me equivoco?

—No te equivocas viejo amigo, hay algo más importante sobre la noticia que debes saber — dijo Costa Pinto, aún en la misma posición.

—Entonces habla — respondió Nuno, sin desatender el tráfico— que ya me pone impaciente tu misterio.

Como si no hubiera escuchado lo dicho por Nuno, Costa Pinto continuó:

— Formo parte de ese Comité Nacional, lo cual representa para mí, no sólo un alto honor, sino una inmensa responsabilidad, soy el único blanco que lo compone, lo que me hace sentirme tremendamente comprometido a no fallarle a este pueblo, que me vio nacer y por el cual, sabes bien, estoy dispuesto a luchar hasta la última gota de mi sangre.

—Si que es un acontecimiento — dijo Nuno pensativo y con rostro alegre, mientras se acercaba a la entrada de la residencia de Costa.

Creo que con posterioridad a la segunda guerra mundial, comenzó para nuestro continente una nueva era, la de la emancipación política de los yugos que la han atado durante siglos a metrópolis en Europa. Son muchos los pueblos ya, que han logrado su independencia. Es probable que antes de que concluya este siglo veinte, todos los países que componen el Continente se desprendan definitivamente de sus colonias. Es algo que de una manera u otra, debemos agradecer a los millones de seres humanos que dieron sus vidas en la última conflagración mundial.

Pero discúlpame, que debí comenzar felicitándote por tal designación, y poniéndome a tu disposición y la del Frente para lo que sea necesario, me conoces bien, y sabes que no es un cumplido, ni una expresión de boca para afuera.

—Lo sé perfectamente — dijo Costa Pinto, mirándolo, en el momento en que se bajaba del auto.

Cuando ya salían del garaje donde habían dejado el auto, Nuno mirando inquisitivamente a su amigo, le dijo:

—Me imagino que en todo este proceso habrás tenido oportunidad de conocer personalmente a Kuro Cávil, ¿Es como se deja ver en sus obras?

—Creo que es mucho mejor — respondió Costa, como si pensara en voz alta — hay algo en ese hombre que atrae de una manera especial, quizás sea el profundo convencimiento que tiene en que logrará la victoria sobre el colonialismo, quizás sea esa cultura, inteligencia y dominio de los problemas nacionales, e internacionales, que posee. Pudiera ser que se trate solamente de un problema de carisma, pero lo cierto es que uno lo reconoce como líder y se le subordina de inmediato, dispuesto a seguirlo hasta el fin de la lucha, por ardua que esta sea, sabiendo que será bien conducido hasta la victoria. Te debo confesar que es la primera ocasión en mi vida que siento algo así.

En cuanto a la ayuda que propones dar, creo que será factible y necesaria, mientras permanezcas en el país, puedes ayudar bien como médico que eres, bien en aportes de los conocimientos que sé que tienes sobre las condiciones del interior del país. Pero lo fundamental en lo que puedes ayudar es cuando te retires a Francia. Allá puedes fungir de cierta manera como un embajador del Frente, y trabajar con los ciudadanos de nuestro país que se encuentran allá; bien en la recaudación de fondos, en el esclarecimiento de la situación concreta en que nos encontremos, pero también logrando la incorporación de estos a la lucha y adquiriendo si fuera necesario, armas y municiones para la fase armada, la que pensamos que en definitiva será el puntillazo final para el régimen colonial, que durante siglos ha sojuzgado a nuestro pueblo.

No creemos que sea posible expulsar al régimen y a los colonialistas, sin que sea por la fuerza, son muchos los intereses económicos que tienen en nuestro territorio, como para dejarlos así, como así ¿No crees?

—Claro — dijo Nuno pensativo— son muchos los años que llevan de dueños de nuestro país, aunque eso de cierta manera se vira contra ellos, analiza tu caso, como ejemplo, técnicamente eres un descendiente directo de ellos, debías pensar como ellos y apoyarlos hasta la muerte, pero naciste aquí, te sientes un ciudadano de esta tierra y no de la de tus ancestros, te duele, como a mí, que desciendo de los aborígenes, que el país sea expoliado, que sus ciudadanos sean maltratados, humillados y discriminados, como si fueran ellos los intrusos.

Creo que es algo que se manifiesta generalmente en los procesos sociales, las generaciones van teniendo sus propios intereses, ideas y puntos de vista sobre los mismos problemas, llegando como en este caso, a pensar de manera totalmente opuesta a la generación que dio inicio a tal proceso.

En cuanto a lo otro, te ratifico lo que acabo de decir, simplemente pueden contar conmigo, para lo que estimen necesario, tanto dentro del territorio, como fuera de él.

Dos días más tarde, se efectuó la reunión para la constitución del comité de base del Frente Nacional de Liberación en el Liceo, la cual se desarrolló en un tranquilo parque de una zona cercana al centro docente. En ella sólo participaron Sulmira, Joao y M'bindas, quién fue el primero en hablar preguntando:

—Pensé que asistirían mucho más personas a esta reunión, y que la daríamos en algún lugar cerrado.

Lopo, mirándolo con rostro tranquilo le explicó:

—Solamente nos reunimos con lo que será la dirección del comité de base, al resto son ustedes los que tienen que conocerlos, por vía de ustedes será que ellos conocerán de las directivas y orientaciones que emanen del Frente. Es un problema elemental de seguridad; con respecto al lugar es lo mismo, aquí pasamos como un grupo de amigos que conversa, disfrutando de la tranquilidad del lugar. Encerrarnos en un local, un grupo mas o menos numeroso de jóvenes, ya de por sí es un delito para las disposiciones del gobierno, que como saben, tiene prohibido el derecho a reunirse para asuntos no oficiales.

—Comprendo — dijo M'bindas y se sentó, mirando con cierta sorpresa a Joao, por su mente no pasó en ningún momento que formaría parte de la dirección de aquella organización, que consideraba tan importante.

—Creo que Joao debe ser el Secretario General del Comité, — dijo Lopo mirando con cierta admiración al joven que proponía — según Sulmira él fue quien pensó en un primer momento en la creación de la organización, quién ha realizado todas las coordinaciones para lograr la existencia de un grupo de jóvenes, lo suficientemente nutrido como para que funcione un Comité en el Liceo y además es alguien inteligente y activo, que podrá conducir las tareas de forma efectiva.

No obstante, si existe algún otro criterio lo pueden expresar.

—Ninguno — dijo Sulmira, mirando fijamente a Lopo, mientras se pasaba la mano por la cabeza en tono de alegría — quién mejor que Joao para que nos dirija.

—Así es — dijo M'bindas, asintiendo con la cabeza — creo que nadie como él tiene la influencia necesaria en la escuela, para lograr una participación masiva y activa, del estudiantado en la lucha por la independencia.

—Creo que Sulmira se debe encargar de la organización y las finanzas, como saben será necesario la recaudación de fondos para la compra de armas, municiones, propaganda y otras actividades importantes del Frente Nacional.

Por último M'bindas, será el responsable de acción y propaganda.

Ustedes tres forman la jefatura del Comité, las tareas y misiones que se ordenen al Liceo, llegaran a los estudiantes y profesores, por la vía de ustedes, no deben desesperarse en la obtención de nuevos miembros, deben observar la conducta de cada estudiante y profesor, después valorarlo entre ustedes y finalmente proponérmelo a mí, sólo después de que tengan mi visto bueno, una vez tramitado y valorado con mis superiores, se hablará con la persona. Sobre todo deben extremar los cuidados con los profesores, no sea que se topen con alguien que trabaje para la policía, una equivocación en ese sentido la pagaríamos muy cara. ¿Está claro?

De ahora en adelante en su condición de jefe, siempre coordinará conmigo Joao, sólo a falta de él, o por algún motivo muy justificado, me contactaría otro de ustedes, digo para hablar de asuntos relacionados con la resistencia, en este caso lo haría Sulmira, que hasta cierto punto, es la segunda persona en la jefatura, o la dirección del comité.

Cuando lo consideren, pueden crear delegados por aula, o por años, lógicamente, para eso será necesaria la existencia de un numeroso grupo de miembros a nivel del plantel, que justifique tal estructura, para lo cual a su vez será imprescindible que existan muchas personas dispuestas a pertenecer a la organización. Creo que será algo que hay que ganarse primero, no solamente por ustedes sino por todo el Frente Nacional.

M'bindas se movió inquieto en su asiento, levantó la cabeza y mirando a Lopo con rostro que expresaba dudas, dijo:

—En cuanto a la posibilidad de tomar entrenamiento con armas para los que se quieran preparar ¿Existe alguna posibilidad?

—Desgraciadamente por ahora no, — dijo Lopo, mirando con mucha atención al joven, pues era también de los que opinaba que sólo la lucha con las armas, daría al traste con el gobierno colonial — se ha dicho que el momento es de organizarse, de adquirir confianza entre la población, tener una fuerte participación en las filas de la organización, que como saben recién se crea y después, que espero sea muy pronto, lanzarnos con las armas en la mano a arrebatarle el país a los usurpadores.

Ahora si no hay algo que quieran decir, que sea de suma importancia, debemos dar por concluida la reunión, ya llevamos casi dos horas aquí y podemos despertar sospechas, el objetivo que perseguíamos ya esta cumplido.

Debemos salir dos en una dirección y dos en la otra, creo que puedo irme con Sulmira por la parte delantera, y ustedes dos lo hacen por la posterior. ¿Correcto?

—Correcto — dijo Joao y salió acompañado de M'bindas para la parte trasera del parque, mientras Lopo lo hacía por el frente con Sulmira.

El breve trayecto recorrido por Lopo con Sulmira, lo llenó de un extraño sentimiento, ahora no tendría justificación para que la viera, de hecho se lo acababa de prohibir, al plantear que los contactos solamente se harían a través de Joao.

—Entonces, ahora no te podré ver como hasta ahora — dijo Sulmira, como si sus pensamientos fueran por el mismo rumbo que los de su acompañante.

Lopo, mirándola a los ojos por unos segundos sin dejar de caminar, le respondió:

—No de manera oficial, pero si como amigos que comenzamos a ser. Realmente es algo que me encantaría.

—Entonces, pudiéramos, hasta ir juntos al cine algún día — dijo Sulmira con la cabeza metida en el pecho, por lo penoso del planteamiento.
—Qué te parece si vamos mañana — dijo Lopo, casi en el momento de separarse — nos podemos encontrar aquí mismo en este parque que se encuentra próximo—Entonces aquí mañana— dijo Sulmira.
—Mañana, aquí a las ocho de la noche — dijo Lopo sonriente, mientras comenzaba a alejarse del lugar.

Sulmira se detuvo para mirar a su compañero como se alejaba, le resultaba interesante aquel obrero por su inteligencia natural, se notaba por su manera de hablar y comportarse que carecía quizás de escolaridad, posiblemente no supiera leer, ni escribir, pero era de una lucidez y agudeza fuera de lo corriente. Además todo su ser denotaba sinceridad, valentía y entereza.

Al día siguiente, mientras disfrutaban de un breve descanso en un cambio de turnos, Joao llamó a M'bindas y a Sulmira y en tono muy serio les dijo:
—No creo que debemos dejar pasar por alto la creación del comité en nuestro centro, algo debemos hacer para que todos sepan de nuestra existencia.

Sulmira, dirigiendo una mirada lastimera a Joao le preguntó:
— ¿Qué podríamos hacer?

Joao, en tono imperativo, como si diera una orden dijo:
—Que cada uno piense en algo y concluidas las clases nos vemos, para decidir qué hacer y precisar en detalles.

Concluidas las clases se vieron a la salida y juntos se retiraron para sus casas, mientras hablaban.

—Creo que podríamos pintar algún letrero anunciando la creación del comité — dijo Sulmira, mirando entretenida como se movían sus pies al caminar —tiene un serio inconveniente, y es que anunciaríamos nuestra existencia, tanto para los simpatizantes de nuestra causa, como para nuestros enemigos.

—Sí, — dijo Joao, mirándola con cierta admiración — creo que el riesgo de ser descubiertos sería mayor que la divulgación, siempre he pensado que una organización como la nuestra se debe hacer sentir, pero sin delatarse, mantener la clandestinidad es garantía, no sólo de existencia futura, sino de cultivar la posibilidad de crecer cada día con nuevas incorporaciones.

— ¿Entonces qué podemos hacer?— dijo M'bindas mirando de manera interrogante indistintamente a Sulmira y a Joao — porque lo que sí está claro es que algo debemos hacer, si no actuamos, si caemos en la pasividad, nunca tendremos en apoyo y el reconocimiento necesario para llevar a nuestros compañeros de estudios a la comprensión de la necesidad de luchar.

En el momento que cruzaban el parque que se encontraba a solo quinientos metros del Liceo, Joao dijo:

— ¿Qué tal si hacemos algo aquí? Este parque que se encuentra bien próximo a nuestra escuela, todos los alumnos podrán ver o conocer del acontecimiento y no se sabrá a ciencia cierta quién lo hizo, y si el Liceo tiene algo que ver en el asunto.

—Es correcto eso que dices — dijo Sulmira, con aquel rostro siempre alegre— una gran idea, pero qué es lo que haremos.

M'bindas con rostro iluminado por la idea que se le ocurría, dijo:

—Pudiéramos hacer un mono de trapos y ponerle un letrero en el pecho que diga algo relacionado con el colonialismo y procurar que amanezca colgado por el cuello de árbol más grande y frondoso del parque.

—Bien — dijo Joao en tono decidido — eso es lo que haremos, debemos distribuirnos las partes del mono y cada uno de nosotros elaborarla en la casa de forma discreta para que nuestros familiares no se percaten de lo que hacemos.

—Yo puedo conseguir un auto — dijo M'bindas, y recogerlos a ustedes en el lugar que acordemos, por el camino ensamblamos a nuestro futuro ahorcado y lo colocamos. Eso debe ser de madrugada, según creo casi amaneciendo, que es el horario que menos peligro presenta.

—Así lo haremos — dijo Joao, asintiendo con la cabeza como para reafirmar la decisión— podemos hacerlo en la próxima madrugada.

Esa madrugada, M'bindas' con el auto de Nuno, recogió a Joao y a Sulmira y unos minutos más tarde se dirigían al parque.

La madrugada era fresca, durante toda la noche había caído un fuerte rocío, esto ayudaba a que las calles aún se encontraran más desiertas que de costumbre, minutos solamente demoraron en llegar, todo el trayecto lo hicieron en el más profundo silencio. Fue M'bindas quién primero habló, casi en el momento de llegar, dijo:

—Déjenme a mí la tarea de colgar el mono, desde pequeño me enseñaron a moverme sin dejar huellas, ya verán. Ustedes vigilen no sea que se aparezca alguien, eso lo pueden hacer sin bajarse del auto, el que les dejo con el motor encendido, por si es necesario salir rápidamente.

M'bindas lanzó la cuerda desde la parte cementada, se trepó al árbol braceando la soga y tiró del mono, el que amarró a un gajo colgado del cuello, como si fuera un ahorcado, en su pecho un gran letrero con las frases "muerte al colonialista" y las siglas F.N.L. del Frente Nacional de Liberación

Ya saliendo de los contornos del parque, Joao riéndose discretamente dijo:

—No sé para que dejaste el carro con el motor funcionando, si ni Sulmira ni yo, sabemos manejar.

M'bindas, también riendo, pero más ruidosamente le respondió:

—Asuntos de la ignorancia, que debemos resolver.

A la mañana siguiente todo el plantel comentaba la aparición del mono en el parque, pero el suceso salía del marco del Liceo y corría de boca en boca por toda la ciudad, hasta llegar a los oídos del propio Kuro Cávil, que al conocer la noticia dijo:

—Es posiblemente que sea una acción insignificante, pero es la primera que se ejecuta en el país contra el colonialismo, por esa razón pasará a la historia, me gustaría saber con nombres y apellidos quién o quienes la ejecutaron, no me puedo ahora dar el lujo de conocerlos personalmente, pero guardaré cuidadosamente sus nombres, para algún día agradecerles a nombre de la Patria este acto.

Esa noche, mientras comían, Nuno mirando a Costa Pinto dijo:

— ¿Qué te pareció lo del mono colgado en el parque con un letrero?

M'bindas sin esperar la respuesta del amigo de su padre dijo:

—No creo que sea nada del otro mundo, sólo eso, un mono con un letrero, algo que debió ser muy fácil para quienes lo colocaron allí.

—Eso que me dices puede ser cierto— dijo Nuno, con algo de indignación en el tono de su voz — lo importante es que lo hicieron, y posiblemente sea el inicio de una nueva etapa para la Nación, creo que después de la creación del Frente Nacional de Liberación, es el acontecimiento más importante de la lucha contra el colonialismo.

—Así es — dijo Costa lentamente y en tono bajo — es la primera acción concreta que se ejecuta, por lo menos que se conozca, por esa razón quienes la ejecutaron merecen, como ha sucedido, el respeto y la admiración de todo el pueblo.

M'bindas no respondió, en silencio terminó su comida y se retiró a su habitación. Por dentro sentía un jubilo indescriptible, le resultaba penoso no poder decir a su padre que precisamente era el ejecutor de aquella acción, y que por eso precisamente era que la consideraba de tan poco valor. Algún día se lo diría, estaba seguro que recibiría la noticia con suma alegría.

Al día siguiente, cuando salían del Liceo fueron abordados por Lopo, quién sin esperar siquiera a saludarlos les preguntó:

— ¿Fueron ustedes los que colocaron el mono en el parque?

—Nosotros tres exactamente — respondió Joao, con cierto deje de culpa — ¿Fue algo incorrecto? Sólo lo hicimos para que se conociera que existimos.

—Fue un acto de indisciplina— dijo Lopo con cara seria y después cambiando la expresión para ponerla alegre, continuó— si un magnifico acto de indisciplina que ha merecido el reconocimiento del mismo Kuro Cávil quién quiere conocer los nombres de las personas que lo ejecutaron.

Esa tarde, mientras regresaban del consultorio Costa mirando a Nuno que conducía, le dijo:

—Hoy me hablaron los compañeros del Frente Nacional sobre el mono que apareció en el parque y que ha revolucionado la opinión publica de la capital, fue una actividad no programada, ejecutada por tres jóvenes del Liceo, me parece que uno de ellos es tu hijo M'bindas, es muy difícil que exista otro nombre igual en ese centro.

—Eso pudiera explicar su conducta al valorar él acontecimiento. — dijo Nuno, mirando por un instante a su amigo, con cierto aire de preocupación — Aunque me extraña que no comentara nada del asunto conmigo. Tan pronto lo vea le hablo abiertamente de la información que acabas de darme y le pregunto.

— ¿No pensaras regañarlo? — dijo Costa Pinto, mirando a su acompañante con cierto aire de suplica — se ha valorado la acción por el propio Kuro Cávil como el inicio de una nueva etapa en la lucha contra el colonialismo, personalmente guardó los nombres de los jóvenes para saludarlos en el momento más oportuno.

—No había pensado en requerirlo — dijo Nuno pensativo, esa manera de actuar de alguna manera tiene que ver con la educación que le he dado, pero me resulta interesante que no me hiciera el comentario.

En la jefatura de la policía la noticia del mono colgado en el parque levantó un buen revuelo. Alvarez de Melo, el jefe Nacional de la dirección de la policía, personalmente se había presentado en el lugar cuando fuerzas del cuerpo de bomberos se dedicaban a bajar el mono del árbol donde se encontraba colgado.

A su llegada al lugar, un grupo de curiosos que merodeaba por el lugar fue desalojado a puro golpe y de ellos, Melo mandó a detener tres o cuatro para interrogarlos.

Esa tarde en reunión con la jefatura de la provincia y personal de dirección Nacional, en tono imperativo y casi sepulcral, dijo:

—Tengo instrucciones precisas del Gobernador de no dejar pasar este incidente, que es el primero de su tipo desde tiempos inmemoriales, debemos hacer una investigación a fondo hasta lograr dar con los ejecutores de esta osadía, mientras, mantendremos detenidos a los simpatizantes que capturamos hoy en el parque. Si en las próximas horas no aparecen los verdaderos causantes de este disturbio, ellos pagaran, como si fueran los ejecutantes del delictivo acto.

— ¿Qué medidas les aplicaríamos? — preguntó de la Campa, jefe de Seguridad Provincial, mirando a su jefe con la máxima atención.

—Una cosa como la que acaba de ocurrir, sólo se paga con la vida — dijo Alvarez de Melo, en tono sentencioso, mirando por encima de sus espejuelos hacía el techo — pero aún así será insuficiente, la ejecución debe hacerse pública y convocar a la población para que la presencie.

Eso lo haremos en tres días. Si en ese termino aparecen los culpables con ellos, si no, como he dicho, con los detenidos, los que debemos mantener incomunicados totalmente en la Fortaleza de San Román.

Es necesario que se efectúe una rigurosa inspección del lugar para encontrar huellas, o algún indicio que nos lleve hasta los ejecutantes; también se debe hacer un levantamiento de toda el área que circunda al lugar para analizar donde se puede encontrar el foco de conspiradores que ejecutó la acción. Mañana, a esta misma hora, nos vemos para conocer del resultado de las pesquisas. ¿Correcto?

—Correcto respondieron algunos de los participantes en la reunión.

—Entonces hemos terminado — dijo Alvarez de Melo, mientras se levantaba.

—Esa noche, al concluir la cena, Nuno se acercó a M'bindas, le puso el brazo sobre la espalda y en tono cariñoso le dijo:

—Me gustaría tener una pequeña conversación contigo, podríamos pasar a la biblioteca.

—Claro — respondió M'bindas, mirando intrigado a su protector.

El pequeño lapso de tiempo transcurrido hasta que se encontraron sentado en unos cómodos asientos en la biblioteca lo hicieron el silencio, una vez allí, Nuno miró fijamente a su hijo adoptivo, y le dijo:

—Cuéntame como fue lo del mono que pusieron colgado en el parque.

—Nada — dijo M'bindas, metiendo la cabeza en el pecho apenado por aquella pregunta— lo hicimos así de fácil, armamos el mono entre tres en distintos lugares, lo ensamblamos mientras nos dirigíamos al parque y después yo subí y lo coloque, mientras mis amigos vigilaban, todo fue cuestión de minutos. Queríamos hacer algo por la creación del comité de base del Frente Nacional de Liberación en el Liceo.

—Ya veo — dijo Nuno, te metes a conspirar clandestinamente, ejecutas tu primera actividad y yo ni me entero, no me pongo bravo por eso, pero pensé que teníamos suficiente confianza como para comunicarnos las cosas importantes de nuestras vidas, por lo menos creo que así ha sido hasta ahora.

M'bindas, mirándolo, cariñosamente y apenado, dijo:

—Si no le dije nada de mi incorporación fue para no preocuparlo, en cuanto a lo del mono, como le dije ayer, no lo consideré de tanta importancia. Como le acabo de decir fue algo sencillo y rápido, la intención era que los jóvenes del Liceo lo vieran y meditaran sobre la lucha contra los colonialistas.

Nuno levantándose y pasándole la mano por la cabeza, como tratando de profundizar en los conocimientos adquiridos durante la vida, le dijo:

—La historia de la humanidad está plagada de sucesos que en su momento parecieron sin trascendencia, cosas rápidas y sencillas, que fueron el inicio de grandes acontecimientos, que cambiaron el curso de la vida en un territorio dado y a veces en todo el globo terráqueo, quizás esto que tus compañeros y tú acaban de hacer no tenga esa trascendencia, pero si se ha catalogado, incluso por la máxima dirección de la lucha por la independencia, como el inicio de una nueva etapa, por mi parte no te preocupes, me siento orgulloso de que formes parte de un comité de resistencia y de tu participación en este acto, que es una acción de la juventud, la primera ejecutada por la resistencia, que conoce el pueblo.

Ahora deben cuidarse mucho tú, y tus compañeros, el régimen colonial moverá todos los recursos de que dispone para remover cielo y tierra con el fin de encontrar a los culpables, si los encuentran seguramente les cobraran bien cara este acto de heroísmo que acaban de cometer, habla con tus amigos, es muy importante que no lo cuenten a nadie, que se mantengan viviendo normalmente y que no hagan ningún disparate, por lo menos durante un tiempo prudencial.

—Bien — dijo M.bindas, aún con el rostro embargado por la pena.

La tarde siguiente, se reunieron nuevamente en el despacho de la jefatura de policía los participantes en la investigación, Alvarez de Melo miro a todos y cada uno de los participantes y dijo:

— ¿Quién empieza?

El jefe de seguridad de la provincia se puso de pie y mirando fijamente al general dijo:

—Como usted ordenó recorrimos pulgada a pulgada el lugar, y penosamente no encontramos una huella, una pisada, un rasguño en el árbol, una marca de un zapato, en fin absolutamente nada. Si no fuera por lo que es, diría que se trata de una acción realizada por profesionales.

La pintura utilizada para el letrero es tinta de zapato común y corriente, de la que se puede encontrar en cualquier tienda, la brocha utilizada es también de ese propósito, lo más probable es que se trate de un tubo de tinta con felpa en la punta, de esos que todos conocemos.

Con esto quiero decir, que por esta vía, no existe rastro que nos pueda conducir hasta los ejecutores. Repito, si no se tratara de un suceso de tan poca monta, se pudiera decir que es cosa de profesionales.

—Bien — dijo el general Alvarez de Melo, pasando su mirada lentamente por los presentes — quién informa sobre el levantamiento de los alrededores.

—Yo mi general — dijo un hombre alto, flaco y enjuto, que se desempeñaba como jefe del departamento de investigaciones.

—Habla, de la Vega — dijo el General, mirando de manera inquisitiva al oficial.

—Como usted sabe, se trata de una de las zonas más pobladas y céntricas de la capital — dijo de la Vega señalando con un puntero para un mapa que había colocado en la pared. En ella se encuentra el Hospital General, quince comercios de distintos tipos, una fábrica de cervezas, dos cines, un teatro, un gran Centro Comercial, dos Escuelas de enseñanza primaria, un Liceo, y una decena de oficinas de distinto tipo. Además, por las proximidades circulan varias vías importantes, que conducen a casi todos los puntos de mayor, o menor importancia de la Capital y como si esto fuera poco, desde allí se puede tomar camino para cualquiera de las provincias del interior.

—Esto ya lo sabía — interrumpió Alvarez de Melo, mirando directamente al oficial que le informaba— lo importante es escudriñar en cada uno de estos lugares, sé muy bien que es como buscar una aguja en un pajar, pero debemos hacerlo, también es importante mantener un control en la zona, y reforzar allí la vigilancia con nuevos recorridos de infantería y motorizados, también dejar esta área señalada, si ocurre otro suceso por el estilo, podremos ir cerrando el circulo de posibilidades para descubrir a nuestros enemigos, que según parece están más preparados de lo que pensábamos.

Por el momento publicaremos en la prensa que capturamos a los ejecutores, de los cuales se darán los nombres y apellidos y diremos que les fue celebrado juicio, donde fueron condenados a la pena capital y que los ejecutaremos dentro de cuarenta y ocho horas en la explanada que se encuentra sobre la ladera que da al mar, en el barrio de Costanza. La hora puede ser las diez de la mañana.

En este artículo, que saldrá en la prensa escrita y se divulgara por los distintos medios de radiodifusión, se debe invitar a la población a que asista al espectáculo, aclarando que nadie debe temer, porque el lugar será preparado para recibir a la población y estará adecuadamente protegido por la policía.

Kuro Cávil que se encontraba en Bruselas en una Conferencia Internacional, cuando conoció de la noticia se preocupó, hizo indagaciones y le informaron por vías del Frente que se trataba de tres inocentes, que los verdaderos ejecutores se encontraban en libertad y aparentemente fuera de peligro, entonces con el doble propósito de salvar a los cautivos inocentes y despistar al Gobierno Colonial, hizo declaraciones a la Prensa en las que expresó que los detenidos eran personas simples del pueblo, que nada tenían que ver con el asunto del que se les acusaba, que los verdaderos ejecutantes estaban fuera del país, en un lugar seguro.

Esa misma noche, concluida las secciones de la conferencia, tomó un avión y con una falsa identidad regresó de manera clandestina al país, no le gustaba permanecer fuera, cuando en su tierra se producían acontecimientos que podían ser trascendentales.

Las declaraciones de Kuro Cávil no llegaron a la opinión pública del país, fueron bloqueadas por las autoridades, mediante presiones y amenazas a la prensa local, sólo un periódico de izquierda, de poca circulación, difundió la noticia que llegó a un limitado sector de la población.

Los integrantes del Frente Nacional de Liberación comprendieron que el ajusticiamiento de los inocentes detenidos en la Fortaleza de San Román, se trataba de una maniobra para encubrir la incapacidad de las autoridades Coloniales de apresar a los verdaderos ejecutantes de la controvertida acción, que durante los últimos días había conmovido la opinión pública, nacional e internacional.

—No te puedes imaginar cuanta pena siento por los detenidos— dijo M'bindas a Nuno, mientras comían— pagarán por algo que hicimos mis amigos y yo.

—No debes preocuparte en extremo por eso — dijo Nuno pensativo, mientras miraba a su hijo adoptivo cariñosamente — en todas las guerras y confrontaciones que ha vivido la humanidad se ha derramado siempre sangre inocente. Los poderosos, prepotentes y criminales que defienden causas injustas, se valen de cuantos medios tienen a su alcance para mantenerse en el poder. Este es un viejo ardid, una maniobra política, sangrienta por demás, que sólo está dirigida a amedrentar a la población, trasladando una imagen de fuerza, que realmente sabemos que no tienen.

—Qué tal si se lanzara el pueblo a las calles— dijo M'bindas, como si pensara en voz alta.

—Sería tremendo golpe para las autoridades — dijo Nuno, al momento de levantarse de la mesa— pero desgraciadamente no creo que aún el movimiento de resistencia en el país tiene organización, ni fuerza, como para una cosa así, sólo traería como consecuencia que murieran aún más inocentes.

—Es lo mas probable — dijo Costa Pinto con cierto tono de desconcierto y pena — el Frente no tiene fuerzas aún para algo así.

M.bindas, mirando a Nuno que se detuvo por unos instantes y a Costa que se levantaba en ese momento, expresó con aire decidido:

—Me parece que en esto, como en otras cosas de la vida, hay un proceso de acción y reacción, si no se actúa, nunca existirán las condiciones para un apoyo masivo de la población; se trata después de todo de algo justo, los detenidos son inocentes, gente sin vínculo alguno con la resistencia, se trata por tanto de un cruel asesinato.

El día antes del fusilamiento de los cuatro supuestos ejecutantes de la acción, M'bindas, pidió a Sulmira y Joao que se comunicaran con Lopo, debían de conjunto valorar la situación, tenía algunas opiniones e ideas que necesitaba expresar.

Esa tarde se reunieron en la terraza de una cafetería, después que el camarero tomó la orden, M'bindas dijo:

—Llevo dos noches que prácticamente no duermo, le doy vueltas al asunto y cada vez me convenzo más que no podemos permanecer quietos ante una injusticia, como la que van a hacer mañana, nosotros mejor que nadie sabemos que estos hombres que morirán, son inocentes.

—Estoy de acuerdo contigo — dijo Joao, mirándolo con admiración — a mí me sucede lo mismo, me siento, hasta cierto punto, culpable de la muerte de estos hombres, pero ¿Qué podemos realmente hacer?

—Yo también siento lo mismo, — dijo Sulmira, con cierta desesperación— me devano los sesos pensando en el asunto, pero no he encontrado nada efectivo que podamos hacer para impedir que asesinen a esos pobres hombres.

M'bindas apreciablemente fuera de sus cabales y en forma indignada dijo:

—Y...Si nos personamos en el lugar con un grupo de jóvenes del Liceo sin ropas de uniforme y allí exhortamos a los presentes para que repudien el acto de fusilamiento.

—Sería la locura más grande que pudiéramos cometer — dijo Lopo de manera suave y con voz pastosa, mirando con una sonrisa a su interlocutor como si este hubiera dicho algo gracioso— creo que lo primero que debes hacer es calmarte, porque si sigues en ese estado tendremos que marcharnos de este lugar; después debes razonar que aquello será una ratonera, donde la mayoría de los presentes serán, o autoridades vestidas de civil, o personas que apoyan al régimen.

— ¿Entonces qué hacemos? — dijo M.bindas en voz muy baja y tono completamente calmado.

—Creo que pudiéramos hacer eso mismo, pero fuera del lugar de la ejecución — dijo Lopo, mirando con atención a Sulmira, quién por su parte lo miraba con extrema atención — hablo de movilizar alguna fuerza para protestar, no creo realmente que ya a estas alturas podamos impedir esta ejecución, solamente con una acción armada seria posible y nosotros no tenemos armas, ni sabemos manejarlas, pero será como decirle a los colonialistas que sabemos de su maniobra y de paso se lo hacemos saber a la población.

Debe ser algo rápido y contundente — dijo Joao, en tono sentencioso— habrá que ver como responden los estudiantes al llamado que le haremos.

—Siempre habrá quién nos siga si nosotros vamos al frente — dijo M'bindas, con el entusiasmo reflejado en el rostro — si pusiéramos hacer tres grupos, para conducirlos cada uno de nosotros. Podríamos hacer un poco de bulla por toda la ciudad; como bien ha dicho Lopo, ellos estarán concentrados en el acto de fusilamiento y lo menos que esperan es una cosa así.

—Serán cuatro grupos — dijo Lopo decididamente— porque yo sacaré algunos portuarios para la calle, sólo debemos ponernos de acuerdo en la hora.

—Debe ser la misma que ellos han convocado para el fusilamiento — dijo Sulmira, después de dar un sorbo del vaso de café que tenía en la mano.

—Bueno quedamos en eso — dijo Lopo, mientras se levantaba de su asiento — informaré de esta decisión a mis jefes, para sí lo consideran nos apoyen, sé desde ahora que me criticarán, pero quedarnos con los brazos cruzados, sería colaborar con el crimen que planifican nuestros enemigos.

Esa noche la noticia de la pequeña movilización llegó a oídos de Kuro Cávil, se lo comunicaba personalmente el representante del Frente en la capital.

—Es una locura — le dijo, después de explicarle— pero ya a estas alturas no podemos detenerlos.

—Locuras como estas han revuelto en más de una ocasión a un determinado pueblo — dijo Kuro Cávil, mirando a su delegado con cierto entusiasmo en el rostro— debemos tomar esto como que las masas se nos adelantan, y cuando esto sucede a los que dirigen, sólo le pueden pasar dos cosas: o se ponen al frente de ellas, o ellas les pasan por encima, y yo quiero seguir dirigiendo las luchas de mi pueblo. Así que locura o no, debemos movilizar a todas las organizaciones de la capital, personalmente me pondré al frente de uno de los grupos, si se presenta la oportunidad le hablaré a la población que esté dispuesta a escucharme, para denunciar la injusticia que se comete.

Estoy seguro que esta manifestación de protesta costará sangre, pero también que fortalecerá el prestigio del Frente. Me gustaría conocer a esos tres Jóvenes que por segunda ocasión en menos de una semana nos dan una lección.

Debemos poner todas nuestras fuerzas en tensión, para esto debemos trabajar durante toda la noche, hay que pintar letreros, hacer pancartas, buscar algunos altoparlantes de mano, localizar algunas banderas pequeñas, de esas de papel, en fin, mover todos los recursos que nos permitan comunicarnos con la población.

Creo que la responsabilidad con que tenemos que actuar nos servirá de seguridad, las fuerzas coloniales no pueden tener información de ningún tipo, porque nada hemos realizado hasta hoy mismo, mañana sobre la marcha tomaremos medidas. Está claro que todo debe transcurrir en un breve espacio de tiempo, para no permitir que utilicen grandes fuerzas contra nosotros.

—Bien — dijo Librado, el Secretario General del Frente en la Capital, un hombre de avanzada edad, escritor como Cávil— debo retirarme para movilizar a los comités de base para cumplir con estas orientaciones con respecto a mañana.

—Por mi parte me comunicaré con los restantes miembros de Frente Nacional para impartirles orientaciones — dijo Kuro Cávil mientras le tendía la mano a su amigo y compañero de luchas.

—Parece que habrá jaleo mañana — dijo Costa Pinto tarde en la noche a Nuno — Me han pedido que monte un puesto médico de emergencia en una casa que tiene alquilada el Frente en las afueras de la ciudad, me hará falta tu ayuda.

—Ya sabes que conmigo puedes contar — respondió Nuno, mirando con suma atención a su amigo — creo que debemos comenzar desde ahora, si nos queda algún tiempo dormiremos allá, lo importante es no fallar y que cuando se necesite de nosotros podamos estar listos. ¿Pero qué podrá suceder que exista la necesidad de un puesto médico de emergencia?

—No tengo la menor idea — dijo Costa, mientras comenzaba a preparar las cosas necesarias para partir— a veces es mejor no saber mucho, preferiblemente no saber nada en asuntos como este. ¿No crees?

Nuno que lo escuchaba con suma atención le respondió:

—Claro, estoy de acuerdo con eso, ahora pensándolo bien, creo que debemos preparar una buena excusa para perdernos los dos toda la noche, es algo que nunca ha sucedido y si no le decimos algo a tu hermana, para que ella se lo diga a M'bindas, se preocuparán y puede hasta que salgan a indagar por nosotros.

Costa Pinto sin dejar los preparativos dijo.

—Les dejaremos una nota diciéndoles que saldremos para el sur de caza con unos amigos y que estaremos aquí a más tardar pasado mañana.

Al amanecer, los estudiantes convocados por los tres jóvenes salieron en pequeños grupos y fueron conducidos hasta distintos puntos céntricos de la capital donde se concentrarían, en total no eran más de sesenta o setenta muchachos, pero con esa energía que caracteriza a los jóvenes iban gritando consigas y entonando canciones, lo que daba al recorrido un colorido y tono especialmente combativo.

A la hora prevista, diez de la mañana, también salían del puerto un grupo de obreros al frente de los cuales se conducía Lopo, quién para salir tuvo que enfrascarse en una fuerte discusión con el capataz, un portugués de unos cuarenta años, nombrado Aniceto, conocido allí por sus posiciones de abusos y avasallamiento con los empleados, un testaferro que a pesar de ser nacido y criado en la capital, era hijo de Portugueses y se sentía como ellos, despreciando y maltratando a sus coterráneos para mantenerse en la posición que cubría en las actividades portuarias.

El capataz al ver a Lopo salir acompañado de un grupo relativamente numeroso de hombres le dijo:

—No pueden abandonar las labores en plena mañana, ustedes saben bien que barco que no sale en el tiempo programado debe pagar estadía.

—Ese no es nuestro problema hoy— dijo Lopo, en tono de replica agresiva.

—Si no lo es hoy, no lo será mañana tampoco— dijo Aniceto sin inmutarse en lo más mínimo— con esto les quiero decir que el que salga por esa puerta no entrara más al puerto, porque habrá perdido su empleo.

Lopo parándose en la puerta y llamando a sus compañeros a salir le respondió:

—Mañana veremos ese asunto, ahora debemos movilizarnos en apoyo al Frente Nacional de Liberación.

—Bueno allá ustedes — dijo Aniceto separándose de la puerta para dar salida a los manifestantes.

A las diez y treinta la capital era un hervidero, por un lado la concentración para presenciar el fusilamiento de los supuestos atacantes al régimen colonial, por otro los grupos de personas que salían desde distintos puntos para protestar contra en asesinato de los cuatro detenidos.

—Debo confesarles que pensé que esta protesta sería un fracaso — dijo Lopo al encontrase con los grupos que dirigían los jóvenes estudiantes. En la práctica lo que ha sucedido es que la población se ha venido sumando y miren ustedes que cantidad de personas se están congregando en la Plaza de los Ocujes.

Sulmira mirándolo con alegría y admiración, respondió:

—Dicen que el mismo Kuro Cávil se encuentra aquí y que hablará a la multitud que se ha congregado.

—Sí, — dijo Joao, señalando con el brazo para lo alto de una escalinata, allí está, parece que comenzará a hablar.

A la explanada donde serían fusilados los cuatro detenidos, llegó la noticia de las manifestaciones que se estaban produciendo en distintos puntos.

—Dígame — dijo Alvarez de Melo por el auricular de su teléfono celular— no, no puede ser, debes estar en un error. Si, si discúlpame, es que no esperaba algo así. Moviliza ahora mismo para allí fuerzas de la policía montada y algunos carros. Yo movilizaré parte de las fuerzas que están aquí y personalmente me dirijo al lugar.

Minutos más tarde, acompañado por de la Campa, y seguido por una veintena de autos patrulleros que procedían de distintos puntos de la capital se dirigía rumbo a la plaza de los ocupes, ubicada en el mismo corazón de la capital, una plazoleta de más de tres hectáreas rodeada de árboles de ocujes y con un monumento en uno de sus costados que se elevaba sobre el nivel de la calle unos cuatro metros. Desde allí se dirigía a los manifestantes Kuro Cávil, cuando en la plaza irrumpieron una veintena de policías montados a caballo, los que con largos bastones, de goma dura, golpeaban a diestra y siniestra a cuanta persona podían alcanzar.

De inmediato la concentración de manifestantes comenzó a dispersarse corriendo en distintas direcciones, un grupo de personas preocupadas por su suerte, se encargaron de sacar al líder Kuro Cávil de aquella ratonera donde se encontraba, entre ellos estaban M'bindas y Joao; pronto lograron bajarlo del lugar que hasta ese momento le había servido de tribuna. En ese momento ya la plazoleta estaba prácticamente vacía y comenzaban a llegar los autos patrulleros.

Un policía montado arremetió contra Sulmira, Lopo y otros dos jóvenes estudiantes. En el momento en que el guardia golpeaba a Lopo en pleno rostro, M'bindas logro asirlo por el brazo que portaba la cachiporra tirando de él hasta desmontarlo de su cabalgadura, allí la multitud se desquitó con aquel policía, que fue virtualmente destrozado por los golpes y patadas de aquellos manifestantes, que por primera vez en su vida, veían correr a borbotones la sangre de un blanco, quién además era Policía colonial.

—Corramos hacía los portales — dijo M'bindas tirando del brazo a Cávil quién de inmediato se desprendió a correr, seguido por Joao y unos ocho o diez personas, de los más cercanos colaboradores del líder independentista.

En el momento en que llegaban al centro del portalón, de una vieja edificación que se encontraba en una de las esquinas de la plazoleta, una ráfaga de balas alcanzó a Cávil en plena espalda, produciéndole heridas que lo debilitaron comenzándosele a doblar las piernas, varias de aquellas balas también hicieron impacto en los hombros, y el brazo derecho de M'bindas, quién no se amilanó, y ayudado por Joao, sostuvo a Kuro Cávil hasta llegar a la misma esquina, donde un auto, del Jefe del Frente de Liberación Nacional acudía en su ayuda.

—Móntenlo a él, que también se encuentra herido — dijo Kuro Cávil, señalando para M'bindas, en el momento en que lo subían al auto.

Una patrulla policial trato de seguir al auto que transportaba a los heridos, pero Joao y un grupo de los seguidores de Cávil se lo impidieron cerrándole el camino; el chofer del auto en un primer momento se detuvo, pero posteriormente arremetió a toda velocidad contra la multitud, muchos cayeron golpeados por el auto, entre ellos Joao, que sufrió una fuerte fractura en una de sus piernas que le impidió huir, por lo que fue detenido, junto a más de setenta manifestantes que se encontraban heridos dispersos por el pavimento.

La imagen de aquella Plazoleta donde yacían una veintena de muertos y decenas de heridos, se gravaría en la memoria de Joao para siempre.

— ¿Qué rumbo tomamos? — Preguntó el chofer del auto, dirigiéndose al jefe de la escolta de Kuro Cávil que iba sentado a su lado.

El jefe de la escolta, mirando al líder de la independencia que había perdido el conocimiento y era sostenido por M'bindas, que trataba de contener la hemorragia que brotaba de su pecho dijo:

—Vamos para la casa de seguridad, allí hay un par de médicos que podrán atender al jefe y al muchacho.

Media hora más tarde, el auto se salía de la carretera y entraba por un terraplén caminando por él unos diez kilómetros hasta llegar a la residencia de una antigua hacienda, que se encontraba ubicada bajo los grandes árboles, al centro de un pequeño bosque que la hacía poco visible desde la altura.

Al llegar a la entrada de la casa de dos plantas, con amplios ventanales de cristal, el chofer detuvo el auto, para esperar a que la puerta del garaje se abriera de manera automática, introduciéndose en él.

Una vez dentro de la vivienda acudieron en la ayuda del custodio y el chofer, Costa Pinto y Nuno, quienes comenzaron a sacar a los heridos.

Nuno recibió una punzada en el pecho, como si fuera un latigazo, a ver que uno de los heridos era M'bindas, éste sin esperar a que hablara le dijo.

—No se preocupe padre, que no es gran cosa lo que tengo, creo que son rasguños y en partes no esenciales, quién creo que está verdaderamente mal es él— y señaló para Kuro Cávil que aun se encontraba inconsciente.

—Bueno, ya tendremos tiempo de hablar — dijo Nuno, mientras ayudaba a su hijo a salir del auto.

Unos minutos más tarde se encontraban en un pequeño salón en la planta alta. Costa Pinto, después de descubrirle el torso a Cávil, observaba detenidamente cada una de las cuatro heridas que presentaba. Terminado este examen miró fijamente a Nuno y le dijo:

Todo parece indicar que ésta que se encuentra en el costado derecho, es la peor, de manera que no debemos perder tiempo, hay que operar para sacar las balas que pueda tener, y resolver los problemas que puedan haber ocasionado internamente.

—Voy a preparar anestesia — dijo Nuno que también acababa de observar las heridas de M'bindas — creo que tenemos que operarlos a los dos, pero empezaremos por Kuro Cávil que se encuentra en peor estado, no tenemos tanta anestesia así que les suministraremos una porción mínima a cada uno, lo suficiente como para atontarlos un poco y utilizaremos local en los lugares donde tengamos que trabajar, por esta razón debemos andar lo más rápido posible.

Transcurridos treinta minutos ya habían sacado las balas del torso del líder del Frente Nacional y se disponían a la operación de M'bindas, quién se encontraba en pleno juicio. Nuno mirándolo cariñosamente, le dijo:

—Ahora te suministraremos una inyección intravenosa con la anestesia, así que cuando él líquido comience a entrar en tus arterias, me hablas para conocer cuál es el mejor momento para comenzar ¿Está bien? :

—Bien— respondió M'bindas, mientras Costa Pinto comenzaba a ligarle su brazo izquierdo para inyectarlo en las venas, bastaron unos segundos para que cayera en un estado de calma lo suficientemente profundo, como para no percatarse de la operación que practicaba el profesor Costa.

—M'bindas sólo tiene un proyectil en el cuerpo — dijo Costa Pinto una vez concluida la intervención quirúrgica— los otros tres balazos fueron superficiales, este le entro pegado al corazón, unos centímetros más y hubiera muerto de manera instantánea.

El resto de esa tarde y una buena parte de la noche, los heridos la pasaron inconscientes, o dormidos, ambos tuvieron fiebre, por lo que comenzaron a suministrarles antibióticos.

—Creo que mañana debemos sacarlos de aquí — dijo Nuno, con la vista perdida en el espacio, como tratando de encontrar una manera de hacer lo que proponía— lo mejor sería poder sacarlos del territorio nacional, a estas alturas, detrás de nosotros, seguramente se encuentra toda la policía y la seguridad del país.

—Tan pronto amanezca debo salir por un par de horas— dijo Costa Pinto, mirando la hora en su reloj de pulsera— existe alguien en el Comité Nacional que tiene una avioneta, con él podremos sacar a Kuro y M'bindas del territorio de la Nación, aquí estamos próximos a la frontera, se trata solamente de pasarla, en el vecino país los podremos atender durante el tiempo suficiente para que se recuperen de esta primera etapa, que es la más difícil y posteriormente trasladarlos a Europa, donde estarán seguros hasta su recuperación definitiva; yo permaneceré con ustedes la primera etapa, cuando pase el peligro, y partan para Europa yo regresaré a la capital, no creo que sea bueno desaparecer en estos momentos de tanta tensión, podrían investigar y llegar a conocer de mis actividades como miembro activo del Comité Nacional.

—No hay dificultades en eso — dijo Nuno, mirando a M'bindas que comenzaba a volver en sí, y se movía en su lecho— yo puedo perfectamente marchar con ellos a Europa y atenderlos hasta que se recuperen totalmente.

Estos sucesos alterarán mis planes, cuando ellos mejoren iremos a Francia, M'bindas tendrá que terminar el Liceo allá, me hubiera gustado que permaneciera más tiempo aquí, pero después de esto, su vida peligrará hasta tal punto, que posiblemente no pasen días antes de ser capturado, entonces sabes lo que sucederá, lo asesinarán como siempre sucede en estos casos.

En Francia cuando concluya el Liceo podrá ingresar a la Universidad, todo esto permitirá que por un largo espacio de tiempo permanezca fuera de nuestro país y se podrá preparar, si lo desea, para continuar la lucha, tiene para eso todo el tiempo del mundo, ahora es casi un niño. Sé que pienso y hablo más como padre, que como patriota, pero no puedo evitarlo y espero que me comprendas.

—Acuérdate que yo también tengo hijos— dijo Costa, dándole unas palmadas en la espalda a Nuno, como para acentuar el contenido de sus palabras.

Pasada una semana en el país vecino, después de una notable recuperación de los heridos, Costa Pinto regresó a su tierra natal mientras Nuno, acompañando a Kuro Cávil y a M'bindas emprendía vuelo en una línea comercial africana rumbo a Francia.

—Así que tú eres uno de los jóvenes que colocó el mono colgado en el parque— dijo Kuro Cávil en el momento en que el avión despegaba vuelo, dejando atrás el vecino país africano que les había albergado por un pequeño espacio de tiempo — si, me acuerdo de tu nombre, también del de Sulmira y de Joao.

M'bindas con el rostro resplandeciente por la alegría dijo:

— ¿Cómo es posible que una persona tan ocupada y llena de preocupaciones y responsabilidades, pueda recordar tres nombres de personas que ni siquiera ha conocido?

—Es verdaderamente sencillo— dijo Kuro Cávil mirando a M'bindas con aquellos ojos, que trasladaban de cierta manera la inteligencia de aquel hombre— ustedes fueron la chispa que despertó las ideas independentistas que llevaban por dentro los ciudadanos de nuestra patria, desde un primer momento supe que sería así, ahora estoy convencido que aprecié correctamente la situación. Esta manifestación que acaba de producirse, que mirándola quizás desde el punto de vista más técnico, pudiera considerarse una derrota, será definitivamente una victoria, porque se recordará siempre como el primer día en que la población se lanzó a las calles en demanda de su independencia, para mí desde hoy lo recordaré, como el Grito de los Ocujes.

Tú eres joven, y tienes mucho a que aprender, por eso te digo que siempre tengas presente, que cada acto que hacemos en nuestra vida es único, irrepetible, y eterno, muchísimas cosas que hacemos cada día carecen de importancia, o trascendencia, pero por eso no dejan de cumplir esta máxima que acabo de decirte, pero hay otras muchas cosas que si tienen trascendencia, bien en el orden personal, familiar, o en el social, a veces, como en este caso, una actuación reviste categoría Nacional y de trascendencia Histórica. Por eso quise gravarme en la mente el nombre de ustedes, ya te conozco a ti y espero no morir, sin conocer personalmente a los otros dos.

Ahora quiero hacerte una proposición. La contienda contra el Colonialismo recién comienza y según mis cálculos durará aún una buena cantidad de años. Me gustaría que parejamente con tus estudios académicos, te prepares militarmente para la lucha armada, que más tarde, o más temprano, tendremos que afrontar. Si te preparas bien, podrás preparar a otros, que más tarde trasladarán sus conocimientos masivamente. Nuno me ha hablado de tu niñez, de la preparación para la vida que te viene dando, y por otra parte tú ya empiezas a actuar como un libertador. Así que piénsalo y después me respondes.

—No tengo que pensarlo — dijo M'bindas orgulloso— para mí será un honor prepararme para ayudar a mi pueblo a liberarse del yugo colonial.

La situación en la zona de nacimiento de M'bindas, no mejoró a partir de la masacre cometida con aquella humilde aldea, durante los años transcurridos Tsé poco a poco se fue ganando la estimación de Don Cipriano de Castaneda, quién aprovechando el dominio que tenía el nativo servil, del dialecto que hablaban los moradores de la zona, lo utilizaba para cuanta maniobra, limpia o sucia, se desarrollaba con relación a los vecinos de los contornos de la hacienda.

Don Cipriano tenía un administrador de origen portugués de nombre Ronaldo de la Paz, un hombre muy calificado técnicamente, que era su mano derecha para las labores agrícolas y en general para la administración de sus bienes, pero era un hombre de recto proceder, al que el propietario de la hacienda mantenía al margen de aquellas cuestiones en las que utilizaba su poder y su fuerza para adueñarse del fruto del esfuerzo de otros, o para avasallar a quienes vivían en los contornos.

Antaño para estas cuestiones sucias, utilizaba a Gonzalvez, también de origen portugués, quién además fungía como su guarda espaldas, o jefe de protección, pero este no era amplio de inteligencia, por lo que frecuentemente por su causa se veía envuelto en dificultades, algunas de las cuales alcanzaron magnitudes que hicieron que le fuera llamada la atención por las autoridades coloniales.

Pronto por su acercamiento al dueño de la hacienda y los servicios que le prestaba, Tse fue sustituyendo a Gonzalvez, en aquellas actividades de carácter sucias, sobretodo las que tenían que ver con los nativos del lugar, por lo que comenzó a decirse que Don Cipriano tenía dos brazos, uno blanco, que era el de Ronaldo, que le llevaba todos los asuntos administrativos, limpios y técnicos de la hacienda y otro negro, el de Tse que le atendía los asuntos de naturaleza abusivas e ilegales.

Esta manera de nombrarlo en la hacienda trascendió a la población circundante y por un problema quizás de facilidad, o por degeneración de rumor, pronto lo comenzaron a llamar mano negra, con el doble sentido de expresar su color y al mismo tiempo, las actividades a las que dedicaba su esfuerzo. Nadie se atrevía a llamarlo en persona de esa manera, pero así con ese nombre su fama de hombre astuto, velado y sanguinario, recorría un amplio territorio de los alrededores al lugar donde se encontraba enclavada la hacienda.

Muchos conocían la camioneta en que se transportaba el tristemente celebre mano negra, por el sonido del motor, o la potencia de las luces si era de noche, el sólo escuchar que se acercaba a un lugar, era motivo suficiente de alarma para muchos de los pobladores de las aldeas circundantes a la hacienda.

Pronto Tsé comenzó a cometer sus propios abusos y a expoliar y sacar productos a los campesinos para su propio lucro, lo cual hacía más terrible su actuar, y más penosa la situación de los vecinos del lugar.

A esa zona precisamente fue a parar Lopo, poco tiempo después de la manifestación.

Se había trasladado aquel funesto día, junto a Sulmira, para la casa de unos parientes de ésta, que vivían en un barrio marginal al otro extremo de la ciudad.

La noche de aquella manifestación, después de deambular por la ciudad, la joven estudiante estableció comunicación con su familia a través de un hijo de la hermana de su madre, quienes la autorizaron a que fuera para su casa hasta que la

situación mejorara. Al día siguiente, muy temprano, el padre se personó en el lugar y después de escuchar atentamente la explicación de su hija, mirándola cariñosamente le dijo:
—No sé en la escuela, pero en el barrio nadie ha notado tu falta, ni las autoridades han investigado por ti, ni existe el más mínimo comentario de tu participación en los altercados y enfrentamientos de la plaza de los ocujes, así que puedes regresar para la casa, yo iré a tu escuela para informar que te encuentras enferma, si existe algún inconveniente seguramente me enteraré.
—En la escuela puedes localizar a un estudiante nombrado Tencho — dijo Sulmira, mirando apenada a su padre — él no participó en la manifestación porque se encontraba fuera de la ciudad, así que seguro está asistiendo a clases y puede informarte cuál es la situación que se ha creado en el centro, y si se conoce algo de mi participación, si me investigan, en fin él sabrá que informarte.

Después de escuchar a su hija, el padre de Sulmira, mirando detenidamente a los ojos de Lopo, con tono de preocupación le preguntó:
— ¿Tú qué piensas hacer? Porque en tu caso, si no hay dudas que se sabe bien que participaste, creo que por ahora no debes salir de la ciudad, y mucho menos de esta casa, debes mantenerte oculto, por lo menos hasta que pase el peligro.

Las fuerzas de la policía desde ayer están allanando viviendas y sacando personas, algunas las matan en la propia calle donde viven, otros se los llevan presos.

Por lo que me has contado estoy seguro que en tu caso, no podrás ni portarte nunca más por el puerto y que te buscaran por mucho tiempo, así que lo mejor que puedes hacer es irte

para alguna zona del campo por unos años. Si quieres, en eso te puedo ayudar, tengo un amigo que se dedica al acopio de productos de la agricultura, los que transporta en un vehículo que tiene para esos menesteres, para venderlos en la capital, es decir que entra y sale de la ciudad y le será fácil sacarte de aquí.
—Aquí puede quedarse hasta que pueda partir — dijo el tío de Sulmira, que hasta el momento había permanecido callado.
—Cualquier cosa que pueda hacer por mi, se la agradeceré — dijo Lopo, mirando al padre de Sulmira con agradecimiento.
—Bueno, — dijo Lumbo el padre de Sulmira, poniéndole la mano sobre el hombro a Lopo en tono amistoso— entonces quédate aquí tranquilo, que personalmente vendré por ti con mi amigo, tan pronto las condiciones sean propicias.

Una semana más tarde, poco después del amanecer, serían las seis de la mañana, cuando llegó el carro a la puerta de la casa del tío de Sulmira. Dentro de la vivienda se alarmaron y Lopo se dispuso a escapar, pero pronto se percataron que del vehículo se bajaba Lumbo y la persona que venía manejando.

Una vez dentro de la vivienda, Lumbo mirando a Lopo fijamente, con expresión esperanzadora le dijo:
—Acá el amigo es Soany, recoge tus cosas que te trasladará para un lugar seguro en la zona Norte del país, donde podrás permanecer un tiempo prudencial, hasta que las condiciones aquí mejoren, o quizás te guste aquello y puedas comenzar por allá una nueva vida.
—No tengo nada que recoger — dijo Lopo, sólo tengo la ropa que llevo puesta.

Lumbo lo miró, mientras Lopo saludaba a Soany, y le dijo:
—Yo me quedaré aquí, así que cuando quieran pueden partir.

—No saben cuanto les agradezco todo lo que hacen por mí — dijo Lopo, dándole la mano a los familiares de Sulmira y un abrazo a Lumbo.

—Lo hacemos por la independencia de nuestra tierra — dijo Lumbo en el momento del abrazo, mientras lo palmeaba por la espalda— espero que algún día nos veamos nuevamente en una patria liberada.

—Quiera Dios que así sea — dijo Lopo y salió acompañado de Soany para montarse en el carro.

—Cada cierto tramo nos encontraremos con puntos de control de la policía — dijo Soany, mientras ponía el vehículo en marcha— los peores serán los de la salida de la capital; espero que no existan dificultades, siempre me muevo por estas carreteras y me conocen, además te traje esta identificación que te acredita como mi ayudante, para este viaje y para tu estancia en el lugar para donde vamos, te llamas Pedro Jacinto y así te nombraré para acostumbrarme y no fallar en el momento oportuno.

Una buena parte del trayecto lo hicieron en silencio, el calor era abrasador, debían llevar los cristales de las ventanillas cerradas, el clima seco hacía que el aire que entraba por ellas fuera tan caliente, que se hacía insoportable, pudiendo llegar hasta a producir quemaduras en la piel. Por esta parte del camino el paisaje era de inmensas llanuras de una vegetación rala, pequeños arbustos, algunas palmeras de Den Den y escasos lugares con aislados árboles frondosos.

Producto del intenso calor, en algunos lugares la hierba se prendía y se producían incendios, por lo que en zonas extensas se veían pequeños arbustos y hierba humeantes de fuegos pasados. En muchos lugares la carretera permanecía soltando humo, como si se estuviera quemando producto del vapor de agua que de ella sacaba la alta temperatura.

El silencio fue roto por Soany, que sin dejar de atender el camino de aquella estrecha carretera comentó:

—No sé si conoces alguien en la zona Norte, porque para allá nos dirigimos.

—Ya me había dicho algo de eso Lumbo— dijo Lopo como si pensara en voz alta, y sin dejar de mirar para la carretera que era devorada por la camioneta— en esa zona conocer, no conozco a nadie, pero no te preocupes que me las arreglaré, el hecho de estar vivo y saber que no correré grandes peligros, ya es más que suficiente.

Soany lo miró y volvió a quedar pensativo, permaneciendo durante otro amplio trayecto en completo silencio.

Según se fueron acercando al Norte el paisaje fue variando, ahora comenzó a ser montañoso, a la vista se presentaba una exuberante vegetación, durante buena cantidad de kilómetros transitaban por dentro de bosques, el ambiente era agradable, la temperatura era ahora más fresca y las ventanillas podían ir bajas, entrando por ellas una suave y fresca brisa.

En algunos tramos donde la carretera corría por áreas elevadas se podían observar valles con ríos que corrían vertiginosos, bañando con sus aguas extensos territorios en los que se podían observar asentamientos coloniales, con sus haciendas dedicadas a la ganadería y a variados cultivos; caña de azúcar, café, grandes plantaciones bananeras, de viandas, granos y hortalizas, o de palmeras productoras de aceites. Sin embargo las instalaciones de viviendas eran escasas y pasaban decenas, a veces cientos de kilómetros para poder observar una de ellas, lo que indicaba que sus dueños eran poseedores de grandísimas extensiones de tierra.

Aquí la fauna era variada, al paso del carro por la carretera se podían observar manadas de macacos que saltaban de árbol en árbol, hileras de elefantes que caminaban tranquilamente por el borde de la carretera, o por algún camino interior, gacelas que corrían asustadas ante el desconocido ruido del motor del vehículo, cebras pastando en distantes praderas llenas de buena hierba, y otros muchos animales en su entorno natural, formando parte del paisaje. Todo esto iba disfrutando Lopo cuando sintió la voz de Soany quién, como si continuara la conversación precedente le decía:

—Creo que te podría ayudar, he pensado en poner un punto de recolección en esta zona, tu podrías atenderlo, inicialmente solamente localizaras los productos y las personas que estén dispuestos a intercambiarlas por otros artículos de origen industrial, como ropas, zapatos y cosas por el estilo, de los que yo traigo desde la capital. Pasado un tiempo, quizás tú puedas adquirir directamente los excedentes de las cosechas de los campesinos y yo los vendría a buscar.

—Para mí sería muy bueno — respondió Lopo, mirando agradecido a su compañero de viaje — eso me ayudará enormemente y me permitirá instalarme en la zona sin despertar sospechas de ningún tipo.

—Por eso te lo propongo — dijo Soany, mirando con picardía y rostro alegre a su más reciente amigo — me parece que te hará la estancia más soportable, en cuanto a tu ganancia nos pondremos de acuerdo en el próximo viaje, por ahora te dejaré algunos productos para que puedas canjearlos y adquirir los alimentos que necesites para tu subsistencia, como sabes en el campo de nuestro país, como en muchas partes de Africa, el dinero no es reconocido, no tiene valor, la gente desconfía de él y es el cambio de una cosa por otra, la que conocen y aceptan.

—La ganancia no es importante — dijo Lopo, mirándolo con aire de franca simpatía — que más puedo pedir, si me salvas la vida y además me ofreces empleo.

Por cierto ¿Qué has sabido de Sulmira? ¿Ha tenido dificultades? ¿Pudo por fin incorporarse a sus estudios en el Liceo?

—Pudo — dijo Soany, pensativo — todo parece indicar que tanto profesores como alumnos mantuvieron silencio y nadie supo de la participación de los muchachos del centr en la manifestación, sólo aquel joven Joao que fue detenido ha tenido problemas, el resto continúa su vida normal.

Ella me insistió en que te enviara un saludo, pensaba darte el recado cuando nos despidiéramos, pero como hablas del tema en este momento aprovecho la ocasión y te lo digo ahora. ¿Son novios ustedes?

—No, —respondió Lopo, con la mirada perdida en los recuerdos — quizás lo hubiéramos sido, todo indicaba que sería así, pero ya ves como se han presentado las cosas, pero... ¿Por qué me preguntas eso?

Soany, quién era un hombre de unos cuarenta años, de mediana estatura, robusto y musculoso de cuerpo, cara redonda y aspecto bonachón, mirándolo una vez más con cara de pícaro, poniéndole la mano sobre el hombro y guiñándole un ojo le dijo:

—Porque me dijo que te dijera que te esperaría.

—Así que tiene intenciones de esperarme — dijo Lopo con la vista perdida, como si hablará para sí.

Casi al oscurecer llegaron a una aldea ubicada en el municipio de Nambuango, Soany habló con personas amigas que tenían pequeños comercios en el lugar para que ayudaran a su amigo a instalarse, pasó la noche en la choza donde dormiría Lopo, y a la mañana siguiente salió acompañado por él en un recorrido por la zona para presentarlo a los campesinos, comenzando de esta manera su labor de intercambio de productos del campo por artículos de la ciudad. Este recorrido duró tres días hasta que terminó su trabajo de recolección y tarde en la noche regresó a la aldea donde viviría Lopo.

Al día siguiente cuando el sol comenzaba a salir regresó para la capital, con su camioneta llena de productos.

Ya en este primer recorrido de Lopo por la zona, escuchó de boca de los campesinos y pobladores, horrores sobre la conducta del llamado mano negra y también de las arbitrariedades cometidas a diario por el viejo hacendado portugués.

En uno de los establecimientos que visitaron muy próximo al lugar donde viviría Lopo, conoció a Ronam, un joven hijo de un pequeño comerciante, que desde el primer momento simpatizó con el capitalino y en tono amistoso le habló algo bueno y verdaderamente interesante de aquella tenebrosa hacienda:

—Pronto la niña Cristina saldrá de por aquí, dicen que para estudiar en un país de Europa, nombrado Francia, todos en la zona están preocupados con esa salida, porque se sabe que ella con su actitud impide que se cometan muchas arbitrariedades y abusos.

Aunque ella es hija de portugueses y nunca ha tenido gran roce con los nativos moradores de la zona, es nacida en la hacienda, criada, hasta cierto, punto por mujeres de la servidumbre que son nativas y empleadas del lugar.

Su madre abandonó al padre siendo ella pequeña, dicen que tenía apenas dos meses de nacida en aquel momento, según se sabe salió a unas vacaciones a Lisboa y nunca regresó, se comenta que realmente no es hija de Don Cipriano sino que fue el fruto de una relación pasajera de su esposa con un negro empleado. También se comenta que es hija de él con una mujer negra, que aun trabaja en la hacienda, y que en la actualidad es la esposa de Ronaldo de la Paz, el administrador, de quién siempre se ha dicho que es de nobles sentimientos, muchos aseguran esto por el parecido, no sólo físico, que tiene con esa mujer, sino también en el comportamiento que tiene hacía los nativos.

Se comenta por las personas mayores, que en la práctica, quién se ha ocupado desde un primer momento de la educación de la muchacha, ha sido la mulata que es esposa de Ronaldo, y por él, que es el único portugués bueno, de los que residen en la hacienda, que por eso la muchacha tiene tan buenos sentimientos; pero que a pesar de esto Don Cipriano la adora, que tiene delirio con ella y siempre la ha atendido y se ha ocupado de la joven esmeradamente, y ha demostrado que está dispuesto a complacerla en todo lo que humanamente le sea posible.

Todas estas cosas pueden ser chismes de la empleomanía, pero lo cierto es que la muchacha, que ahora tendrá unos quince años, no es ni blanca ni negra, sino mulata, así que algo de cierto hay en los comentarios y murmuraciones que circulan dentro de la población, pero a estas alturas nadie puede saber, a ciencia cierta, cual es la verdad que se encierra detrás de los muros de la hacienda con respecto a ella.

M'bindas llegó a Francia y aún convaleciente se incorporó a los estudios, no quería perder el año de sus clases, al principio se sintió un poco raro en la utilización de aquel idioma, que Nuno se empeñó en que hablara desde los primeros tiempos en que comenzó su educación, como si desde siempre pensara que algún día viviría en la tierra Gala, pero pronto se acostumbró y pudo concluir sus estudios de nivel medio superior, aprovechando el tiempo de receso por vacaciones para recuperarse totalmente.

Kuro Cávil también se recuperó totalmente en esta etapa y pronto se reincorporó nuevamente a las actividades en pro de la independencia de su país, sobre todo en establecer contactos con distintas entidades internacionales del área africana y europea. En muchas de estas actividades era acompañado por Nuno, quién, además de su actividad como médico, fungiría de cierta manera como un representante o embajador del Frente Nacional de Liberación en esas instituciones.

Una tarde de domingo en que Kuro, como en otras ocasiones, visitaba a Nuno, mientras se encontraban sentados en la terraza de la residencia del médico africano acompañado de éste y de su hijo les comunicó:

—A finales de año regresaré de nuevo a Africa, ya estoy totalmente recuperado y debo continuar personalmente la lucha. El revés de la protesta de los Ocujes, como finalmente se le ha llamado a la manifestación donde fuimos heridos, dejo desde el punto de vista orgánico, cierta afectación en la organización. Los ánimos de la población inicialmente llegaron posiblemente a su punto más alto de efervescencia desde que comenzó la lucha, pero después comenzaron a decaer, si no regreso y me dejo sentir de alguna manera, continuaran en su paso descendente y perderemos el terreno que alcanzamos con aquella acción. Los enemigos no cesan con su propaganda de decir que he abandonado al pueblo, sé que lo hacen también y sobre todo, para provocarme, pero este tipo de campañas siempre tienen oídos que las escuchan, por eso debo regresar. Cuando comencé esta lucha valoré bien la envergadura de la acción que emprendía y estuve dispuesto a pagar cualquier precio con tal de lograr la independencia de la patria.

La libertad y la independencia, como el orden, la armonía, la amistad, el respeto, se conquistan, nadie las entrega así como así, porque seamos más o menos simpáticos.

Quiero que M'bindas comience su preparación antes de mi partida, tengo la impresión de que pronto podremos comenzar una lucha armada que ponga fin al colonialismo en nuestra tierra, para esa fecha será importantísimo tener algunos hombres preparados para entrenar a quienes se incorporen a la guerra.

—Ya sabe que puede contar conmigo para lo que sea necesario — dijo M'bindas, mirando fijamente a los ojos del admirado líder — cuando usted lo disponga comienzo mi preparación.

—No sólo se trata de que te prepares tú — dijo Kuro Cávil, sosteniéndole la mirada de manera amistosa— sino que también deberás reclutar personal africano, que empieces a conocer y hablar con un pequeño grupo de hombres, para que junto a ti pasen el entrenamiento, una cosa es importante con este personal, deben ser gentes dispuesta a morir por nuestra causa voluntariamente, nada de pago por la actividad que realizarán, quizás por eso, la labor de localización y de convencimiento te será más difícil.

Por mi parte ya he hablado con una persona que tiene una academia particular de entrenamientos militares, generalmente se dedica a preparar jefes para actividades mercenarias, pero he podido averiguar y se trata de alguien con muy buena preparación, que conoce Africa y sabe bien en que aspectos será más importante profundizar en los conocimientos que debes dominar.

M'bindas, que se encontraba sentado se puso de pie, dio un pequeño paseo por la habitación donde se encontraban, se sentó nuevamente y preguntó:

— ¿Cuándo empiezo? Porque ya veo que usted ha dado todos los pasos preliminares para el comienzo del curso.

—Debes empezar la semana próxima — dijo Kuro Cávil con una amplia sonrisa en los labios, provocada por la agudeza del joven — tendrás que asistir todos los días de la semana a clases teóricas y los fines de semana a clases practicas, cada seis meses, en época de vacaciones escolares, te internaras con tu instructor y un grupo de sus alumnos en un pequeño campamento que posee para estos menesteres.

M'bindas que escuchaba con atención la explicación de Kuro, al concluir éste, con el rostro iluminado por la alegría, le preguntó:

— ¿Qué tiempo de duración tiene en curso? Porque por lo que veo será largo.

—Así es — dijo Kuro Cávil, con la mirada perdida en el espacio como tratando de adivinar el futuro —en tu caso será de muy larga duración, quizás dos años, quizás tres, quiero que aprendas todo lo que humanamente sea posible, y que te prepares como instructor, así lo he contratado con Crístofer, que es como se llama el profesor; según me dijo y he comprobado fue General del ejercito Francés de ocupación en Argelia, es de los que no entendió en un inicio la retirada de las tropas francesas de aquel país, razón por la cual fue licenciado, dedicándose desde entonces a preparar mercenarios y organizar acciones militares al servicio de quién le pague.

—Entonces es alguien que podemos catalogar como de ideas reaccionarias— dijo Nuno, que hasta ahora había permanecido callado.

—Así es — dijo Kuro Cávil, en tono de conformidad— pero desde el punto de vista de conocimientos militares, es el mejor, por lo menos de las posibilidades con que contamos en estos momentos, quizás posteriormente encontremos algún país que quiera ayudarnos, pero ahora eso no existe.

A partir de esa fecha M'bindas compartió las clases en el liceo con la preparación militar, lo cual consumía prácticamente todo su tiempo, cuando en un semestre tenía clases académicas por la mañana asistía por las tardes a las clases de Crístofer, quién le impartía instrucción de Infantería, armamentos, artillería terrestre y antiaérea, operaciones con tanques, táctica, estrategia, obras de ingeniería, exploración, utilización y manipulación de explosivos, protección anti-química y bacteriológica, topografía y nociones de operaciones navales, aéreas y un sinnúmero de elementos de carácter general, relacionados con el arte militar. También como parte de su preparación física recibía clases de artes marciales y de tiro con distintas armas.

Kuro Cávil se perdía de Francia por largas temporadas, a veces por más de seis meses, pero aparecía en el momento menos esperado y se interesaba por el desenvolvimiento de las clases y el aprovechamiento del hombre que había seleccionado para que en un futuro preparara y dirigiera al pueblo para el combate.

Fue en una de esas visitas, pasados cuatro años, cuando Kuro Cávil, con rostro sonriente, mirando a M'bindas le dijo:

—Me ha dicho Crístofer que estas listo para ser un buen instructor y jefe de tropas, que concluirás a mediados de este año, lo que coincide con la terminación de tu carrera universitaria, así que el año próximo estarás en condiciones de dirigir el primer curso de instructores allá en la tierra adolorida por la opresión.

Creo que la sugerencia que hiciste de seleccionar los instructores en nuestro país y de inmediato comenzar a prepararlos fue una magnifica idea, desde ya he ordenado la selección de los primeros hombres, y estamos localizando a través de un pequeño grupo, que combate en la zona montañosa del norte, el lugar más apropiado para instalar el campamento de instrucción.

Al escuchar estas palabras del líder de la independencia, M'bindas, con frases entrecortadas por la emoción le respondió:

—Así es, estoy a punto de concluir mi curso de preparación militar y me viene bien, porque ahora podré poner todo mi empeño en concluir él último año de la carrera de leyes; gracias a su talento, pudimos organizarlo todo de tal manera, que he podido llevar al mismo tiempo las dos tareas.

Desde el punto de vista de mi preparación militar me siento contento, tengo el material suficiente para montar una buena escuela, claro siempre me he quedado con las dudas de cómo me comportaré en un combate real, porque hasta aquí mis conocimientos teórico prácticos son sin enemigo, o con enemigo ficticio, y los dos sabemos que no es lo mismo, tirar sin que te tiren, que tirar y que te tiren.

Kuro Cávil, dirigiéndose a él como el padre orgulloso de ver al hijo concluir sus estudios, le dijo:

—Quizás en los primeros momentos de un combate real te sientas raro, pero tarde o temprano, se impondrán los conocimientos que has adquirido, además acuérdate que mi máxima aspiración contigo es que tengas los conocimientos necesarios para entrenar a otros, que en su momento, sirvan de instructores para los demás. Yo nunca he tenido dudas de que harás las cosas bien, cuando tengas que hacerlas, porque para hacer algo bien, sobre todo es necesario responsabilizarnos, comprometernos y amar la tarea que nos asignen, sea esta grande o pequeña y a ti siempre te ha caracterizado la perseverancia, el esfuerzo y el amor por la actividad que te he encomendado, creo que por eso, más que por otra cosa, ha sido posible que puedas concluir tu preparación militar y tu carrera académica.

Creo que es el momento, de que te dediques aún más, a compenetrarte con el alumnado africano y fundamentalmente el de nuestro país, que estudia en el máximo centro docente; son personas que de alguna manera, en el futuro inmediato, tendrán influencia en nuestro continente, donde escasea tanto el nivel educacional y cultural. Muchos podrán ser colaboradores, otros seguramente serán enemigos, conocer bien, tanto a los unos, como a los otros, es importantísimo para tí y para nuestra causa.

Es quizás el momento, de que todos en nuestro continente nos extendamos la mano, dejando a un lado nuestros egoísmos nacionales y personales; el momento es de lucha contra la injusticia, contra la miseria, el vicio y la desolación, que invade de una manera u otra a nuestros pueblos.

—No se preocupe — dijo M'binda, con el rostro iluminado por la admiración que sentía por aquel africano ejemplar — he comprendido el propósito, desde mañana me dedicaré a conocer a los estudiantes africanos que estudian en mi Universidad, y si es posible en otras de las que existen en París.

Durante el transcurso de estos años, Sulmira se mantuvo estudiando en el Liceo hasta que lo concluyó y participando en las actividades que organizaba la resistencia, las cuales eran realmente pocas, se comunicaba con Lopo a través de Soany, que le llevaba cartas de ella y traía de él.

Un par de veces, durante las vacaciones, Soany se brindó para trasladar a la muchacha hasta la zona donde vivía su amado, en el primer viaje Lopo se decidió y le declaró sus sentimientos a la joven estudiante, comenzado de esta manera una relación amorosa llena de angustias y dificultades, que los dos supieron enfrentar y soportar, durante dos largos años.

Una mañana que Lopo visitaba a un campesino para contratarle sus productos excedentes, se encontró con Tsé, mano negra, quién al verlo le dijo:

— ¿Así que tú eres el hombre de la capital que tiene el negocio de los acopios de productos en mi territorio?

—Yo mismo — respondió Lopo, como si tuviera pocos deseos de hablar— ¿Por qué lo pregunta?

—Nada— dijo el gordo Tsé, mirando a Lopo con petulante arrogancia— que hace tiempo debía verte, para que supieras que por esta zona no se hace negocio alguno, sin que se me dé participación en él.

—Me parece que toca en la puerta equivocada — dijo Lopo encarándose al desagradable visitante— no tengo, ni quiero, tener nada que ver con alguien como tú.

—No te creas que te será fácil dejar de cumplir con tus obligaciones conmigo— dijo Tsé, con una sonrisa socarrona en los labios, mirando detenidamente a Lopo, mientras caminaba a su alrededor de manera provocadora, al tiempo que se secaba el copioso sudor que le corría por su cabeza pelada y la frente.

Esta actitud sacó definitivamente de sus cabales a Lopo, que empujando al ladino sujeto con ambas manos por el pecho lo revolcó por el piso, de donde fue a levantarlo, tirándolo de las ropas para encarándolo decirle:

—Ya te dije que tocas en la puerta equivocada.

—Bien, bien — dijo Mano negra, sacudiéndose la ropa y mirando para el piso en actitud sumisa y escurridiza— de todas formas te advierto, que por aquí nadie hace negocios sin contar conmigo.

Mano negra salió caminando lentamente y cuando se encontraba a unos cuatro metros de distancia se viró para Lopo y en forma insinuante le dijo:

—Ya nos veremos.

Lopo mirándole decididamente, y con ojos chispeantes por la ira le respondió:

—Sabes donde encontrarme.

Dos noches más tarde mientras dormía, Lopo fue advertido por unos vecinos que la choza donde dormía se encontraba ardiendo en llamas. A partir de ese instante su situación en el territorio se hizo extremadamente difícil, mano negra lo hostigaba desde lejos, sin aparecer físicamente, de manera solapada, dificultándole su gestión con los campesinos, los que si bien admiraban la actitud del capitalino, sentían un inmenso terror por las posibles y anunciadas represalias del sanguinario y abusador mano negra.

La actividad de recolección de productos entre los agricultores decayó de manera considerable, las cargas fueron cada vez más escasas, por lo que no resultaba económico para Soany los viajes hasta el lugar, por tal razón en una ocasión le preguntó a Lopo, con rostro preocupado:

— ¿Qué ha sucedido que ya no encuentras productos?

—El problema es que él tal mano negra quiere una participación en los negocios— dijo Lopo, mirando directamente a los ojos a su jefe y amigo — es algo que no estoy dispuesto a hacer, me avergüenzo tan sólo de pensarlo, para mí sería lo más denigrante del mundo, que un animalejo despreciable como ese, me chantajeara y me sacara el dinero que tanto esfuerzo me cuesta ganar.

—Yo menos — dijo Soany dando una vuelta por rededor de Lopo, con pasos que anunciaban su grado de indignación— como sabes, recojo productos en varios lugares, no hacerlo aquí, para mi no reportará ningún problema serio, desde el punto de vista económico, me preocupas tú, que si vives aquí.

—Por mi no te preocupes — dijo Lopo, pasándose la mano por la cabeza, como si le costara trabajo lo que debía decir — no sé como anda la capital, pero ya han pasado los años y he pensado en la posibilidad de regresar, después de todo en mi caso no se trata de que me persigan con nombre y apellidos, solamente tendré que cuidarme de Aniceto, el capataz que tenía en el puerto.

—Si quieres podemos esperar un poco — dijo Soany, deteniéndose en su caminar y mirando a su amigo en tono conciliador— para mí tampoco significa demasiado hacer este viaje, aunque económicamente no me reporte grandes beneficios.

—Me parece que llegó el momento de salir de este lugar — dijo Lopo, en tono decidido — ya lo había pensado, pero no quise ponerte en una situación difícil con tu trabajo, pero si este ya está en crisis de por sí, prefiero ir de nuevo para el lugar que conozco, aquí mas temprano que tarde, tendré problemas con este gordo asqueroso y prepotente, así que si lo consideras me voy hoy mismo en tu viaje de regreso.

—Por mi parte no hay dificultades — dijo Soany, pasándole el brazo por encima del hombro a quién hasta aquí fue su subordinado en los negocios.

El viaje de regreso resultó muy largo para Lopo, que ardía en deseos por ver a su amada Sulmira. Un leve estremecimiento invadió el interior de su cuerpo cuando en la distancia aún, pudo ver las luces de la ciudad, en la que sus pobladores ya empezaban a retirarse para emprender una nueva jornada de reparador descanso, mientras estas imágenes pasaban por su vista, el joven iba sumido en sus meditaciones ¿Cómo andarían las cosas por el puerto? ¿Qué tal lo recibiría Sulmira? ¿Dónde podría trabajar? ¿Cómo se pondría en contacto de nuevo con el Frente?

De estos pensamientos lo sacó la voz de Soany que le preguntó:

—¿Estas dormido?

—No, — respondió— pienso en mi regreso a casa.

—Ya es tarde — dijo Soany, mientras esperaba por un cambio de luz en el semáforo— me parece que lo mejor es que te quedes hoy a dormir en mi casa y mañana temprano salgas para donde te instalaras, no creo que sea recomendable que andes por ahí a estas horas, ahora no hay toque de queda, pero de todas formas en tu caso es un riesgo que no tienes ninguna necesidad de correr. En casa te podrás bañar y ponerte alguna ropa mía, así como estás vestido aquí en la capital llamarías la atención.

A la mañana siguiente, temprano, Lopo se dirigió hasta un parque por donde Sulmira debía pasar para el centro donde ahora estudiaba computación y la espero sentado en uno de sus bancos.

Fueron unos minutos los que tuvo que esperar, pero para el joven parecieron siglos, pronto vio al ser amado enfilar por uno de los senderos, venía entretenida, como si pensara profundamente mientras caminaba. El corazón de Lopo aceleró su marcha, sentía sus latidos en todo el cuerpo y el golpeteo en el pecho como si se le quisiera salir. Allí estaba su Sulmira, linda, hermosa, alegre como siempre.

Cuando la joven comenzaba a rebasar el banco donde se encontraba sentado Lopo, éste se levantó y fue entones que ella se percató de su presencia.

— ¡Pero que haces aquí muchacho!— dijo Sulmira en un soplo de voz, mientras se sentaba, porque sentía que las piernas se le doblaban— ¿Me quieres matar del corazón?

El no le respondió, le pasó la mano tiernamente por la cara, le acarició el pelo, la miro profundamente a los ojos y la besó, mientras la abrazaba fuertemente, como si se le fuera a escapar.
—Vamos para mi casa — dijo Sulmira, mirando a Lopo aún como si se tratara de una aparición.
—Pero... ¿Y tus clases? — dijo Lopo.
—Hoy no hay clases para mí — dijo Sulmira, con el rostro lleno de una alegría desbordante y los ojos resplandecientes de amor por aquel hombre que tenía delante — mi padre se pondrá muy contento de verte, siempre me pregunta si sé de ti y como te va, ahora está en la casa, hoy trabaja de noche.

Lopo mirándola lleno de emoción le dijo:
—No te puedes imaginar como te he extrañado, he sentido mi corazón oprimido por la soledad todo este tiempo, muchas veces en la vida me he encontrado solo, pero no he sentido esta soledad interna que me ha acompañado en esta ocasión.

Sulmira acariciándole cariñosamente el rostro le respondió:
—Hay soledades y soledades, uno puede sentirse solo como lo has estado tú en estos tiempos, alejado de tu ciudad, de tu familia, de tu medio, de mí, pero yo he estado en mi ciudad, con mi familia, en mi medio cotidiano y también he sentido esa soledad espantosa, que oprime sentimentalmente tu alma convirtiéndote en un desgraciado, que deambulas por la vida sin saber a donde dirigirte, me parece, sin menospreciar tu soledad, que esta de estar sola entre las multitudes, es peor que ninguna otra de las manifestaciones de soledad, porque es algo que llevamos dentro, que va con nosotros donde quiera que estemos y que sólo se resuelve cuando aparece la compañía que añora nuestro ser en lo mas profundo de su corazón.

Ahora mi soledad ha desaparecido como por un acto de magia, me siento la mujer más acompañada del mundo y te quiero rogar que no me dejes más, en el futuro donde quiera que te dirijas, sea para donde sea, y para lo que sea, quiero que lo hagas conmigo.

Lopo pasándole la parte de atrás de su mano por el rostro a Sulmira, para secarle las lágrimas le dijo:

—Te juro por el amor que siento por ti, que jamás te dejaré sola nuevamente, que estarás donde yo esté, si estas dispuesta hasta en el lugar más difícil, e inhóspito del mundo, te llevaré.

Se besaron múltiples veces, y se abrazaron, quedándose durante un largo tiempo así, como si de esta manera ratificaran su más profundo propósito de no separarse el uno del otro nunca más.

Ya de eso había pasado más de un año, dos meses más tarde, se habían casado. Gracias a las gestiones del padre de Sulmira, Lopo comenzó a trabajar en un expendio de combustible y continuaban los dos en las actividades por la independencia, por lo cual no tenían hijos, en espera de un mejor momento para tenerlos.

Durante el transcurso de todo este tiempo Joao continuaba preso, los familiares no sabían a ciencia cierta donde lo tenían, solamente se sabía que la condena que debía cumplir era de diez años.

Al día siguiente de celebrado el fraudulento proceso judicial, lo sacaron en una embarcación fuera del territorio del país, desde entonces se encontraba en una pequeña isla en el Océano Atlántico frente a las costas de Africa, donde lo utilizaban junto a otros reos en labores agrícolas. Se decía entre ellos que la plantación y la isla toda, eran propiedad del gobernador portugués que dirigía el país, quién empleaba este procedimiento con los presos más conflictivos, obteniendo con esto el doble propósito de aislarlos, y como subproducto explotarlos al máximo para incrementar su ya caudaloso capital.

—Si supiéramos al menos donde nos encontramos — dijo Joao, mirando a Dosanto, un reo, estudiante como él, procedente de su mismo Liceo y a quién antes de la manifestación sólo conocía de verlo en el patio en los recreos y cambios de turno.

—Lo único que sabemos — dijo Dosanto, mientras se daba un masaje en él pié izquierdo que hacía varios días que le dolía— porque le vemos a diario es que nos encontramos en una isla, pero tengo la impresión que ni el personal que nos custodia tiene la más mínima idea de cual es su nombre, ni el lugar donde se encuentra. Dicen los que llevan años en esta isla, que de aquí, ni uno solo de los que han estado preso, a salido con vida de este lugar.

—Algo debemos hacer — dijo Joao, mirando para el techo de hojas de palma de la barraca donde dormían— es preferible morir en un intento por escapar, que desgastarse día a día trabajando y sufriendo, para al final morir de todas formas.

—Escapar no es difícil — dijo Dosanto, mientras se tiraba para atrás en la esterilla tendida en el piso, que le servía de cama— como sabes casi no tenemos guardianes, el problema es que a todos lados lo que tenemos es mar abierto y ni siquiera tenemos la más mínima idea de para donde nadar, ni cuanto tiempo tendríamos que hacerlo.

—La única manera posible de hacer un intento de salir de aquí, es cuando traen nuevos reos o cuando vienen a recoger los productos— dijo Joao ya en voz muy baja, porque habían avisado que era la hora en que debían hacer silencio— los transportan en una embarcación, de la cual podríamos apoderarnos, es algo extremadamente peligroso, porque vienen custodiados por una escuadra de guardias a los que se le suman los que están aquí que ellos vienen a relevar, que son otra escuadra.

—Lo he observado—dijo Dosanto, también en voz muy baja— algunas veces la embarcación trae nuevos reclusos y otras no, pero siempre trae una escuadra de soldados, la que viene con ellos se queda, y la que estaba de guardia en este presidio se retira. No sé si te has fijado pero nunca regresan otra vez los mismos soldados, en cada ocasión el personal que viene es nuevo, eso impide relaciones entre los presos y los custodios, he tenido la curiosidad de anotar y contar los días, y los relevos los efectúan cada dos semanas más o menos, aquí no sabemos ya ni el día de la semana en que nos encontramos, pero tengo la idea que los envíos de presos y cambios de custodios se realizan un día fijo de la semana. Siempre en esa propia embarcación se llevan los productos que tienen acumulados, por eso la barcaza es de buenas proporciones.

—Parece que los presos no son sólo de nuestro país — dijo Joao, tratando, sin lograrlo, de ver en la oscuridad a su amigo — como sabes, con muchos no podemos ni comunicarnos, porque hablan otros dialectos y no logramos entendernos.

Creo que para intentar algo serio, debemos ponernos de acuerdo con la mayoría de los que aquí estamos, podríamos calcular el día del relevo y un día antes liquidar a la escuadra que nos cuida y cuando llegue la embarcación apoderarnos de ella, aquí debe haber alguien con conocimientos suficientes como para navegar.

—Mañana hablaremos con algunos de los que más confianza le tenemos— dijo Dosanto, ya agotado y muerto de sueño —ahora vamos a dormir, que el trabajo que nos espera es duro y la alimentación es escasa.

Durante varias semanas Joao y Dosanto observaron los arribos de la embarcación que hacía el cambio de la guarnición, y hablaron con distintos reos, los que estuvieron de acuerdo en realizar la acción; sobre todo los que mayor tiempo llevaban en aquella espantosa isla, que les servía de prisión.

Pronto tuvieron una treintena de coterráneos dispuestos a fugarse de la isla. La mayoría de ellos estaban allí presos de por vida, por delitos comunes, robo, asesinatos, asaltos, violaciones, eso quizás ayudó en aquella disposición de arriesgar la vida en un empeño con tan pocas posibilidades de éxito.

Entre ellos apareció un mulato de avanzada edad, que según dijo antes de caer preso era patrón de una lancha y conocía de navegación.

—Por la navegación no se preocupen — dijo Lombiro, en tono nervioso— yo los sacaré de este infierno y los llevaré hasta tierra firme.

—Entonces debemos preparar las armas que utilizaremos para poner fuera de combate a la escuadra custodia — dijo Joao, en voz baja mientras cargaban una carreta de bananos, para transportarlas al embarcadero.

—Estas sólo pueden ser lanzas de palo duro y piedras afiladas — dijo un negro de escasa barba, ya blanca por los años— tenemos que ir transportándolos para la barraca y por las noches con mucho cuidado prepararlas.

—Para atacar a los custodios debemos hacerlo de noche— dijo Dosanto, mientras cargaba un racimo de bananos junto a Joao, hay que organizar la cosa de tal manera, que ataquemos, por lo menos tres de nosotros, a cada uno de ellos.

—Esa es la parte fácil del asunto— dijo Joao, mirando desde abajo a su amigo en el momento en que se agachaba para levantar un saco de mandioca, para colgarlo a su espalda — lo difícil será liquidar a los custodios que vienen de relevo y tomar la embarcación, para eso podríamos utilizar las armas que les quitemos a los que estén aquí, pero para eso hay que ver cuantos aquí saben manejarlas, estoy seguro que la mayoría no sabemos nada de armas de fuego.

Lombiro, que escuchaba atentamente la conversación dijo:

—Aquí hay detenidos un par de soldados desertores, que seguramente saben de armas de fuego. Podríamos hablar con ellos

Joao, mientras volvía de dejar su carga y casi sin mover los labios para no despertar sospechas dijo:

—Sería cuestión, como tú dices, de hablar con ellos para que nos ayuden y conocer de cuanto tiempo tendríamos que disponer para preparar a la gente en el manejo de las armas, después que las tengamos.

—Entonces el ataque a la escuadra de aquí debe ser por lo menos con cuatro días de anticipación a la llegada del relevo — dijo Dosanto.

—Sí, — dijo Joao, mientras cargaban un nuevo racimo de bananos— para no fallar debemos esperar al próximo arribo de la embarcación y esperar diez días, ese será el momento de neutralizar a los custodios y desarmarlos. Mientras, podemos continuar preparando las armas fabricadas con palos y piedras y estudiando la manera y el momento mejores para desarrollar la acción.

A partir de ese día comenzaron las labores de preparación de las lanzas de maderos duros y el afilado de las piedras, hasta que lograron tener, distribuidas en tres barracas, un total de cuarenta lanzas y otro tanto de piedras, después de esto sólo les quedó esperar al momento acordado.

—Esta noche será la embestida — dijo Joao, utilizando el nombre en clave que habían acordado para la acción — debemos calcular el momento de sueño más profundo, para atacar a los dos hombres que comúnmente hacen guardia a la entrada de la instalación donde duermen los custodios, para lo cual, primero debemos inutilizar al que cuida nuestra barraca, que es posiblemente el más difícil, porque se para en la puerta, generalmente de frente para ella.

—Ellos hacen guardia de dos horas — dijo Dosanto, mirando indistintamente a Joao, Lombiro, y para uno de los desertores del ejercito, que los acompañaba— después de la tercera guardia será el momento más oportuno para atacarlo.

Joao, mirando de reojo para un custodio que se acercaba dijo:

—Hay que esperar un tiempo prudencial para que el sueño empiece a hacer sus estragos, según hemos observado en este turno muchas veces se duermen, no será difícil saber cuando es el momento adecuado, será precisamente cuando se rinda por el sueño y se duerma, o comience a dar cabezazos.

Era una noche sin Luna la que decidieron actuar, esperaron pacientemente cada uno en su esterilla, aparentando dormir tranquila y profundamente, hasta aproximadamente las dos de la madrugada.

Dosanto que se encontraba acostado próximo a la puerta fue quién dio la orden para atacar al custodio de la barraca donde se encontraban. Unos segundos después el soldado que dormitaba frente a la puerta fue puesto fuera de combate con un fuerte y contundente golpe en la cabeza, que lo hizo caer al suelo, después lo arrastraron para el interior de la barraca donde un reo le tapaba fuertemente la boca y otro lo atravesaba en el centro del pecho con una lanza de madera bien afilada.

Minutos más tarde, como si fueran sombras en la noche, salían sigilosamente tres grupos de hombres para poner fuera de combate a los custodios de las otras barracas. El grueso de los hombres se dirigió hasta la única instalación de mampostería en la cual dormía plácidamente el resto de la guarnición, sin custodio alguno; allí irrumpió una treintena de hombres que no dieron tiempo de nada a los ocho soldados que pasaron del sueño a la muerte, casi sin percatarse.

—Ahora tenemos once fusiles automáticos y tres pistolas —dijo uno de los reos desertores del ejército— sólo sabemos manejar las armas dos, así que tendremos que enseñar a nueve hombres a dominar los fusiles y a tres las pistolas.

Joao, después de escuchar con suma atención lo que decía aquel hombre, dijo:

—Creo que debemos enseñar a once más, para que tomen los fusiles de la guarnición que viene de relevo y aún otro grupo similar para que sirvan de reserva, por si caemos alguno de nosotros puedan reemplazarnos.

—Es importante seleccionar bien al personal que adiestraremos— dijo Dosanto, con expresión de preocupación en el rostro— cualquier imprudencia hará fracasar todo el esfuerzo que hemos realizado para llegar hasta aquí.

—Sólo tenemos cuatro días para la preparación — dijo Sao uno de los desertores que serviría de instructor— así que amaneciendo comenzamos con el grupo que portará las primeras armas, también hay que preparar cuidadosamente la acción para sorprender a la guarnición del relevo y tomar la embarcación.

El resto de esa noche fue de fiesta, a pesar de que se sabía que se encontraban en una isla de la cual saldrían solamente si lograban tomar la embarcación, los presos sintieron aires de libertad, algunos encontraron bebida en el cuartel de la guarnición y comenzaron a beber, cantar y divertirse. Pronto se formaron discusiones, peleas y al amanecer hubo necesidad de amarrar a un grupo de hombres que se encontraba fuera de control y amenazaban con tirar por tierra el plan de fuga.

Ya al medio día, lograron controlar totalmente la situación y poner custodio en la bodega donde se encontraban los víveres y bebidas para evitar que se volviera a caer en el mismo error.

Por una parte los once hombres que formarían la escuadra armada de los presidiarios, aprendían las nociones elementales en el manejo de las armas, y de marcha en formación, mientras Joao, Dosanto y uno de los desertores del ejército, preparaban en detalle el plan para apoderarse de la embarcación; en estas tareas transcurrieron los cuatro días que faltaban para el arribo de la barcaza, la que generalmente llegaba al amanecer, pero por razones desconocidas fue casi al medio día cuando divisaron a lo lejos la barcaza que se acercaba.

La nave, como de costumbre, se acercó al embarcadero y una vez atracada, el patrón la amarró y de su interior salió en perfecta formación una escuadra al mando de un capitán, cuya obligación era dirigir y ejecutar toda la operación de relevo.

Casi en ese instante, como era costumbre, de la edificación de mampostería salía la supuesta escuadra que venían a relevar, custodiando a los cargadores que transportaban los frutos del agro cultivados en la isla.

La escuadra que llegaba a la isla sobrepasó el pequeño atracadero de madera conducida por su capitán, quién llegando a tierra firme, observó con detenimiento a la escuadra que se encontraba a más de ochocientos metros y venía acompañada por los presos con sus pesadas cargas.

Al capitán, que invariablemente era quién efectuaba aquel relevo, le pareció que el aspecto que presentaba aquella formación que venía para el muelle, le resultó incongruente con la imagen que siempre presentaba aquel relevo, quizás no eran suficientemente marciales, quizás sus ropas estaban excesivamente sucias. Los miró detenidamente y observó que por algunos lugares, en la ropa de algún soldado, se podían ver claramente manchas oscuras que bien podían ser de sangre, todo eso no le gustó, pero no se podía precipitar y ordenar un ataque, por lo que dirigiéndose a los hombres bajo su mando les dijo a media voz:

—Tengo la impresión que esa no es nuestra escuadra, tírense al suelo en formación de combate y disparen al aire lo más próximo que puedan a los hombres, si ripostan disparen a matar, y recuerden que traemos pocas municiones.

De inmediato los integrantes de la escuadra se lanzaron al suelo y comenzaron a disparar, como les había ordenado su jefe, y los reos disfrazados de soldados rápidamente se lanzaron a todo correr rumbo al muelle disparando con sus armas, mientras, de todas partes en la isla los presos desesperados comenzaron a salir para con lanzas y piedras agredir a los soldados que disparaban, ahora a matar, con sus fusiles automáticos.

En unos minutos toda el área de terreno próxima al embarcadero se cubrió de cadáveres o heridos, algunos de los cuales se quejaban, casi a gritos, y muchos de los asaltantes corrían en distintas direcciones, creándose una gran confusión.

Pronto el capitán valorando su desesperada situación ordenó a los pocos soldados que le quedaban, a que trataran de alcanzar la embarcación para retirarse.

—Es nuestro momento — dijo Joao en voz muy alta — si alcanzan la embarcación estamos perdidos, fuego con ellos.

Los once fusiles, algunos tomados por nuevos hombres, comenzaron a disparar, muchas balas no daban en el blanco pero otras si, por lo que los miembros de la escuadra del relevo comenzaron a caer.

Cinco buenos nadadores seleccionados de entre los hombres que componían la dotación de presos, según lo planeado, se lanzaron al agua por uno de los costados del embarcadero y fueron nadando por debajo del agua hasta la barcaza, la que abordaron para impedir que el patrón saliera mar afuera.

Tras un prolongado intercambio de disparos, las municiones con que contaban los miembros de la escuadra de relevo se agotaron y dejaron de disparar. Al conocer de esta situación una oleada de reos, con sus rústicas armas en las manos se lanzaron al ataque dejando fuera de combate a los defensores de la embarcación.

—Debemos retirarnos de inmediato — dijo Joao, mirando para Lombiro — toma el mando de la embarcación, creo que no debemos deshacernos del patrón, puede servirnos de ayuda por el dominio que tiene de la barcaza.

Una hora más tarde, después de aprovisionarse de alimentos y combustible, la embarcación partía del embarcadero, mientras las aves de rapiña comenzaban su infernal y grotesco festín, despedazando y disputándose los trozos de carne humana, de los caídos en el combate.

Tras varias horas de navegación llegaron a una isla de Cabo Verde que presentaba un espectáculo verdaderamente impresionante, su suelo desierto de toda vegetación, el polvillo permanente levantado por la suave brisa marina y sus montañas a piedra descubierta sin un solo arbusto, ni hierba, ni vegetación de tipo alguno, eran la imagen misma de la desolación. Lombiro, señalando para el maltrecho paisaje que presentaba aquel pedazo de tierra que sobresalía del agua y pasaba delante de la embarcación, a relativa poca distancia dijo:

—Esa es Isla Sal, su nombre se debe a que en el lugar no cae una gota de agua durante años de años, según mi cuenta por lo que he oído decir ya hace más de veinticinco años de la última ocasión en que cayeron unas gotas, su suelo se ha ido salinizando por la penetración en el subsuelo del agua de mar, razón por la que ahora, aunque lloviera, continuaría así desprovista totalmente de vegetación. En la actualidad se utiliza como un lugar de reaprovisionamiento para embarcaciones y aviones que cruzan el Atlántico. Dicen que existe allí un pequeño hotel para que se hospeden en él las tripulaciones de los aviones que se intercambian en el lugar, debe ser un buen negocio porque el agua, los alimentos, el combustible, en fin todo lo que existe en la isla, hay que traerlo desde el continente.

— ¿Tenemos qué llegar a ella para algo?— preguntó Dosanto acercándose al marino.

—No, para nada — dijo Lombiro, como si pensara en voz alta— no tenemos que atracar en este lugar para nada, sólo la utilizaré para orientarme y tomar rumbo, ahora debemos decidir en que dirección navegaremos, no podemos alejarnos mucho de la costa, vamos cargados en exceso y podemos sucumbir.

—No sé si lo mejor será que nos acerquemos a las costas de nuestro país—dijo Dosanto, mirando a Joao de manera interrogativa— con las armas que tenemos podemos defendernos si nos mantenemos en las montañas y zonas apartadas, de esta manera podremos subsistir y al mismo tiempo fomentar la lucha armada contra el colonialismo.

—Nosotros no queremos regresar — dijo uno de los reos que fue secundado por un gran grupo de los tripulantes.

—Yo tampoco quiero regresar — dijo Lombiro, levantando la mano para hacer callar a los que gritaban, ya con cierta tendencia al amotinamiento — si ustedes lo quieren los dejamos cerca de nuestras costas y nosotros continuamos viaje.

—Es necesario que nos dejen las armas — dijo Joao, mirando con expresión suplicante a Lombiro.

—No creo que a nosotros nos hagan falta armas — dijo el reo que ahora fungía como patrón de la embarcación— todo lo contrario, sería difícil de explicar la razón del porque las tenemos, además que será un peligro si alguien se emborracha, o se altera, por algún motivo. Nosotros decidiremos que haremos para comenzar de nuevo la vida, pero de la embarcación y las armas debemos deshacernos. Son en sí un letrero que dice quienes somos y de donde procedemos.

Dosanto, parándose en el puente de mando de la barcaza y pasando su vista por los integrantes de la tripulación les dijo en voz muy alta para que lo escucharan:

—Bueno, los que quieran quedarse con nosotros para combatir al colonialismo, que se pongan para la proa, los que no, que se mantengan en sus puestos.

Una veintena de hombres se agolpó en la proa por la banda derecha de la barcaza, a los que les fueron entregadas las armas, mientras la embarcación se aproximaba lentamente a la costa.

—Les deseo mucha suerte — dijo Lombiro tendiéndole la mano a Joao, que fue él último en bajar del grupo que abandonaba la embarcación— nunca olvidaremos lo que han hecho por nosotros.

—Suerte para ustedes también — dijo Joao estrechándole la mano calurosamente a Lombiro, en tono amistoso.

Unas horas después, mientras la embarcación tomaba rumbo a lo desconocido, un grupo de hombres caminaba a paso lento por los arrecifes de la costa, en dirección a un macizo montañoso, ubicado en la zona norte del país, que se observaba en la lejanía entre las nubes.

En Francia por iniciativa de Kuro Cávil, M'bindas creó la asociación de estudiantes africanos, la que agrupaba más de doscientos jóvenes de distintos países del continente y de la cual fue nombrado su presidente y formaba parte de la dirección Cristina, joven mulata que cursaba el segundo año de veterinaria, que era la única estudiante que procedía del país de M'bindas.

Las relaciones entre los dos jóvenes inicialmente fueron formales, eran del mismo país, pero de procedencias sociales distintas, era M'bindas fundamentalmente el que no hacía esfuerzo alguno por la profundización de una amistad con aquella muchacha, la que si bien era sencilla en su comportamiento, forma de vestir y de relacionarse con todos los que la rodeaban, algo tenía que no acababa de gustarle al estudiante del cuarto año de leyes.

Quizás sería por el color de la piel, pensaba M'bindas frecuentemente, los mestizos son impredecibles, lo mismo tiran para la raza negra, que para la blanca, en su tierra generalmente eran pro Colonialistas, reaccionarios y falsos, pero de inmediato rechazaba aquella valoración superficial y falto de elementos; el comportamiento de Cristina hacía él y los demás africanos, tuvieran el color que tuvieran, en todo momento era franco, abierto, camaradería, y solidario.

Fue el día en que la joven habló en una reunión de estudiantes, cuando M'bindas se criticó internamente y decidió acercarse a su coterránea mestiza, ella había solicitado la palabra y en tono pausado y franco dijo:

"La libertad para cualquier ser humano, vista quizás desde el ángulo más simple es tener movilidad, acción, alternativas y opciones, escoger la manera de vivir y comportarse durante su existencia. Pero desde los tiempos de los tiempos, la libertad de los hombres ha sido limitada, no sólo por los conceptos o las valoraciones internas de cada cual, eso en el plano más individual de cada hombre, es un problema de tener la madures necesaria para tomar las decisiones correctas y escoger de manera justa y equilibrada el rumbo que ha de seguir, pero la libertad desde que el hombre se agrupó socialmente, está determinada por un orden, este orden lo determina, en última instancia, quien tiene el poder y los medios para controlar la vida ciudadana, que es lo que muchos conocemos como libertad soberana. La libertad es bella donde se disfruta a plenitud, pero para la mayoría de nosotros, los africanos, sojuzgados casi todos por regímenes explotadores y coloniales, la libertad es sólo una quimera, una aspiración, un sueño, como otros tantos que tenemos los seres humanos, en este caso un sueño que desvela a muchos de nosotros, que queremos hacerlo real. Y es perfectamente sabido por todos, que solamente hay una manera efectiva de hacer realidad un sueño. Luchando a brazo partido por hacerlo realidad".

Concluida la reunión, M'bindas se acercó a la muchacha y le dijo:

—Me gustó tu intervención en el pleno. Sobre todo porque somos del mismo país, y pude sentir en mi carne las limitaciones de que hablaste.

— ¿De qué parte eres tú? —le preguntó ella, mientras bajaban por la escalerilla de salida del pequeño salón de conferencias.

—Nací muy al Norte — dijo M'bindas, levantando la vista de los escalones por donde caminaba para mirar a Cristina— en un lugar conocido por Nambuango, pero allí viví sólo hasta los cinco años, después viví un poco más abajo, en una aldea próxima a la cabecera de un municipio llamado Tonzo.

—Me imagino que tu familia decidió trasladarse de Nambuango por problemas de subsistencia — dijo Cristina en tono suave y preocupado.

M'bindas se detuvo ya en el rellano de la escalera, la miró de manera directa, y francamente le respondió.

—Es una larga y triste historia, que quizás algún día te cuente.

Cristina pasándose la mano por el pelo y levantando la cabeza para sostener el mirar de su joven amigo, le dijo:

—Una rara e increíble coincidencia, porque yo también soy de esa zona, allí nací y viví hasta que vine a estudiar para acá. Mi padre es un portugués dueño de la única hacienda que existe en todo Nambuango, se llama Cipriano.

M'bindas, recrudeciendo la expresión de su rostro, que hasta ahora era jovial, dijo:

—Nada menos que el asesino de mi familia y de toda la aldea donde nací.

Cristina, como si le hablaran de otra persona y no de su propio padre le respondió:

—Siempre me pareció que allí se cometen los más disímiles y terribles abusos con la población nativa, incluso en muchas ocasiones he luchado contra eso, pero de ahí a que se cometieran asesinatos masivos, hay un largo trecho, no me puedo imaginar a mi propio padre como un asesino.

M'bindas, aliviado en su indignación por lo expresado por su joven amiga, dijo:

—Te entiendo hasta cierto punto, porque se trata de tu padre, pero hay una forma de salir rápidamente de dudas. Quizás en algún momento, escuchaste alguno de los nombres que he guardado celosamente en mi recuerdo y que fueron los que ejecutaron directamente aquella matanza ¿Te recuerda a alguien el nombre de Gonzalvez o el de Tsé?

—Los dos son trabajadores de mi padre — dijo ella con voz entrecortada por la emoción— Gonzálvez es como un encargado de la protección de la hacienda y Tsé se ocupa de la atención a los negocios con los aldeanos.

—No sabes cuanto me alegra que estén vivos aún — dijo M'bindas, mirándola como si le agradeciera a ella esta realidad— eso me da aún la posibilidad de cobrar esta vieja deuda, de la cual, como te debes imaginar, es tu padre el máximo responsable.

—Lo sé — dijo ella, visiblemente apenada— pero me gustaría que este trágico vinculo que tenemos desde hace tantos años, no empañe las relaciones que tenemos nosotros. Hay muchas cosas relacionadas con mi vida de que hablar, antes de que tomes decisiones drásticas con nuestra amistad.

—Bien — dijo M'bindas, mirándola a los ojos como pidiéndole comprensión— uno no puede cambiar, de ahora para ahora, cosas que estremecen de manera tan importante sus sentimientos, por un lado del más profundo odio que guardo para aquellos que destruyeron a fuego y sangre mi familia y mi medio natural de vida, y por otro de la más sincera amistad y cariño por alguien para quién siempre he pensado las cosas más buenas de este mundo. Es algo que debo digerir, por eso te pido de todo corazón que me permitas alejarme un poco de ti por un tiempo, para pensar con toda la calma del mundo, que haré finalmente, aunque no debes preocuparte en pensar que pudiera albergar en algún rincón de mi alma el más mínimo sentimiento de odio o desconfianza hacía ti. Tu franqueza de hoy, es la mejor muestra de lo engañada que has estado siempre con respecto a tu padre.

Durante el semestre M'bindas y Cristina no compartieron más de momentos de esparcimiento, la intensidad del fin de la carrera, los preparativos en el caso de él, para el regreso a la patria y la preparación de la carga que sería enviada en una embarcación hasta un lugar del Norte del país, más la situación embarazosa que se había creado entre ellos, provocaron este alejamiento, en el fondo del alma M'bindas la extrañaba, comprobó en esta etapa que sentía por aquella joven mas que amistad, pero no podía, en la coyuntura en que se encontraba su vida, enfrascarse en una situación amorosa conflictiva como aquella, lo mejor era alejarse, la distancia y el tiempo haría lo suyo, para que finalmente se pudiera olvidar de ella.

El mes antes de concluir las clases, como siempre lo hacía, de manera inesperada, Kuro Cávil apareció a la residencia ocupada por Nuno y M'bindas, fue una noche de un fin de semana. Nuno personalmente le abrió la puerta de la casa, quedando sorprendido ante la presencia del líder de la independencia.

—Que sorpresa tan agradable— dijo el viejo médico, mientras le tendía respetuosamente la mano al ilustre visitante.

Kuro, dándole un apretón de manos a su colaborador y médico, le dijo:

—Llevo un par de días en París, pero es ahora que he podido llegarme hasta ustedes, he realizado las coordinaciones finales para la salida del armamento, las municiones y los materiales para el entrenamiento de nuestra gente para el combate. Será, según he pensado, un desembarco sin tropa, por lo menos sin tropa del país, porque alguien debe encargarse de custodiarla y llevarla hasta su punto de destino.

—Bueno — dijo Nuno mirando a M'bindas, que salía de su habitación y dirigía sus pasos para encontrarse con ellos— en eso han trabajado durante los últimos meses usted y M'bindas ¿No es así?

—Así mismo es — dijo Kuro, poniéndose de pie para saludar al joven que se acercaba.

—No se moleste en ponerse de pie — dijo M'bindas, apenado por la acción de modestia y sencillez del líder— que bueno que está con nosotros, siempre pensé que para este momento contaría con su ayuda, pero debo confesarle que ya estaba preocupado.

—He venido solamente para ver como van las cosas y ultimar detalles — dijo Kuro Cávil, mientras se sentaba en la butaca del frente a la ocupada por su joven colaborador — hoy hablé con Cristofer y me dijo que todo está listo para el embarque, son doscientos fusiles, varios morteros de 75 mm, una decena de bazookas y más de veinte cohetes antiaéreos, de los llamados flechas, alguna dinamita, y municiones para todo ese armamento, mucha munición.

El resto del armamento que necesitaremos en forma creciente en el futuro, se lo debemos arrebatar las fuerzas coloniales, como se ha hecho históricamente por los movimientos de Liberación Nacional en distintos continentes, lo importante es contar con las fuerzas necesarias y sobre todas las cosas, con el apoyo de la población.

Hoy acordamos que la salida será exactamente dentro de un mes, es decir para el tres de Agosto. Tal y como habíamos hablado originalmente, tú iras en la embarcación hasta desembarcar en las costas de nuestra tierra, en un punto aproximado al macizo montañoso del Norte, allí los estaré esperando personalmente con una treintena de hombres que lleva ya tiempo luchando de manera discreta por aquel territorio.

Con Crístofer irá un grupo de cuatro o cinco de sus más cercanos y preparados hombres. A sugerencia de él mismo, el pago por las armas y el traslado lo haremos allá, cuando las ponga en nuestras manos en territorio de combate, lo cual es una enorme ventaja porque nos evitamos los riesgos de que sean descubiertas y ocupadas en el trayecto o el desembarco y perdamos los escasos recursos que hemos invertido en ellas.

—Me alegra mucho poder acompañar a Crístofer en su travesía, — dijo M'bindas, recostándose en el asiento y elevando la vista como si tratara de imaginarse en la operación que emprendería — personalmente no creo que existan dificultades en la entrada al territorio nacional, hace tiempo que todo anda en calma por allá, lo menos que se esperan es una cosa como la que vamos a hacer, cuando se vengan a percatar, ya hasta los hombres que prepararemos estarán listos para el combate.

Tras unos días de estancia en Francia, Kuro Cávil regresó al territorio del país con una falsa identidad. En la capital convocó a una reunión clandestina con los miembros del comité Nacional del Frente que celebraron en una instalación, propiedad de uno de sus miembros y que por las noches funcionaba como una discoteca.

Comenzada la reunión, sin mucho preámbulo Kuro Cávil puesto de pie, dijo.

—Esta reunión debe ser muy breve, el propósito fundamental a tratar está relacionado con ultimar detalles sobre el reclutamiento de fuerzas que deberán estar listas para dentro de un mes, he pensado que debemos hacer un esfuerzo por lograr trescientos hombres, cien deben ser del centro del país, cien del Sur y cien del Norte, estos deben trasladarse de la manera más discreta posible durante un mes para la zona Norte. Costa Pinto quedará encargado de las coordinaciones para el control del reclutamiento y el traslado de las fuerzas para el campamento de instrucción, por eso concluida la reunión partiremos juntos hasta el Norte, para que conozca la zona y pueda hacer los ajustes que requiera este traslado de hombres.

El resto de los miembros del Comité se trasladaran, según su área de residencia a las distintas zonas del territorio Nacional para precisar aspectos relacionados con el reclutamiento en el cual estarán los miembros de los comités provinciales y los jefes más importantes de los municipios. Sé que existe preocupación en alguno de ustedes en cuanto a que un fracaso en este empeño puede desmembrar totalmente la organización que durante años venimos preparando, por eso es que debemos proceder nosotros mismos en esta tarea para garantizar mover a los mejores hombres para que se entrenen, y dejar organizada la membresía, de forma tal, que continúe funcionando, aún si fracasáramos en nuestro empeño de comenzar la lucha armada.

Al día siguiente junto a Costa Pinto se trasladó hasta la zona Norte, donde mediante un contacto del Frente se reunió con Joao, que trabajaba desde hacía un tiempo en esa tarea, con la intención de ver personalmente el campamento donde se establecería la escuela de instrucción militar y precisar aspectos relacionados con la recepción del armamento que llegaría y trasladarlo hasta un lugar seguro, para con posterioridad llevarlas al centro de entrenamiento.

Precisados estos aspectos, regresó con Costa Pinto a la capital, para ultimar detalles relacionados con el reclutamiento y envío de las fuerzas.

Fue para el líder del Frente de Liberación Nacional un mes de trabajo sin descanso, que fue gratificado, porque todo se pudo ejecutar tal y como estaba previsto, para garantizar que el cinco de Agosto, cuando M'bindas, acompañando a Crístofer, arribara a las costas del país.

El día antes de la partida, en horas de la tarde, M'bindas fue a visitar a Cristina, quería llevarse en la mente la imagen de la mujer amada para conservarla en sus recuerdos.

—Pensé que no te vería más — dijo la joven al escuchar la voz de su amigo por teléfono, para invitarla a salir.

—He estado muy complicado — dijo M'bindas, el fin de la carrera, ya sabes.

—No te justifiques — dijo Cristina interrumpiéndole, los dos sabemos que detrás de esta perdida que te has dado, hay algo serio y de fondo, que debíamos resolver de una vez y por todas.

—Te propongo continuar la conversación dentro de una hora en el Bulevar St. Michel— dijo M'bindas, en tono conciliador.

—Correcto— dijo Cristina — allá nos vemos.

La tarde sería memorable para los dos jóvenes, el colorido del lugar, la temperatura fresca y agradable en esta época, el tono suave, franco, abierto y amoroso del encuentro, quedaría para siempre en la memoria afectiva de los dos africanos, que sin conocerlo ella, se despedían por un largo espacio de tiempo.

Esa noche M'bindas no durmió, la pasó conversando con Nuno, su padre adoptivo, ambos sabían que durante mucho tiempo no se verían nuevamente, quizás esa sería la última ocasión en que se vieran, pero hablaron de todo, menos de ese engorroso tema, lo más importante era disfrutar el uno de la querida presencia del otro.

—Te acompaño hasta la puerta — dijo Nuno, casi al amanecer cuando llegó la hora en que M'bindas sería recogido por Crístofer.

La madrugada de aquel tres de Agosto amaneció lluviosa, lo que no impidió que Crístofer recogiera a M'bindas para trasladarse por carretera hasta Marsella, lugar donde se encontraba atracado el yate donde harían la travesía.

Oscureciendo, zarparon acompañados solamente por el patrón de la embarcación, haciendo una breve travesía hasta Ajaccio en la Isla de Córcega, donde cargaron las armas y los hombres que los acompañarían para tomar rumbo al estrecho de Gibraltar, por donde doblaron a la Izquierda manteniéndose próximos a las costas de Africa hasta llegar a su destino.

El sol aún no había salido y comenzaba a lanzar sus primeras luces, que se esparcían por la superficie de la ondulante agua, cuando en la lejanía se empezaron a observar manchas que fueron reconocidas por los profesionales ojos del patrón de la embarcación, como tierra firme.

Crístofer, al conocer de la noticia, se acercó a la litera donde dormía M'bindas, lo tocó por el hombro y cuando este despertó, le dijo:

—Levántate, si quieres ver la costa de tu tierra desde el agua, posiblemente sea una oportunidad única.

M'bindas, sin pronunciar palabra, se incorporó sentándose, se colocó las botas, que era lo único que se había quitado para dormir y subió a cubierta. Ya el sol dejaba ver sus primeros resplandores, deslizándose por el agua que ahora parecía un espejo fraccionado; cuando pudo observar entre la neblina que cubría la costa al macizo montañoso del Norte, que servía como referencia para el lugar del desembarco.

El yate, por los bajos fondos del lugar, no pudo pegarse a la costa, pero si pudo acercarse lo suficiente como para que sus tripulantes comenzaran a bajar. El primero en hacerlo fue M'bindas, que seguido de Crístofer, se dirigió hasta la costa, con el agua por encima de la cintura.

A su encuentro salió, desde la espesura, un grupo de hombres, al frente de los cuales venía Kuro Cávil. Tan pronto tuvo la posibilidad, estrechó fuertemente la mano de M'bindas, mientras le palmeaba los hombros con su otra mano, aquel apretón de manos lo recordaría con posterioridad el joven, quizás como el agradecimiento más notable que había recibido hasta ese día, en toda su vida. Después de este breve, pero emotivo saludo, Kuro se viró para Crístofer y le dijo:

—Cuando quieran podemos bajar las armas, conmigo viene un grupo de hombres, creo que con ellos y los que tu traes, en un solo viaje podemos transportar toda la carga hasta el lugar donde las depositaremos.

M'bindas vio acercarse a un hombre que le recordaba a alguien muy querido, pero no, no podía ser que aquel fuera Joao, este según sabía se encontraba preso desde la protesta en la plaza de los ocujes.

— ¿No me vas a saludar? — le dijo Joao, tendiéndole la mano respetuosamente, mientras miraba a los ojos de su antiguo compañero de clases en el Liceo.

M'bindas abrazándolo apretadamente, le respondió:

—Mi querido amigo, que me podía imaginar yo que te encontraría aquí y en estas condiciones, he oído hablar de tí múltiples veces, pero jamás se pronunció tu nombre y aunque así hubiera sido, no podía pasar por mi mente que se tratara del Joao que yo conocía, de mi inseparable del Liceo.

En los últimos años, siempre que he preguntado por ti, y con dolor en mi alma, he escuchado que te condenaron y estas preso, sin que siquiera se tenga la más mínima idea del lugar donde te encuentras.

—Ya te contaré — dijo Joao, agradecido por la preocupación de su antiguo compañero de clases — en la actualidad muchas personas que me conocieron saben que escapé de la prisión, pero como dices, por mucho tiempo estuve realmente preso en una espantosa isla, y con posterioridad, durante mucho tiempo, se continuó pensando que aún me encontraba preso, hasta que pude establecer contacto con el Frente y a través de este, con mis familiares y amigos.

Aquí se habla también del famoso instructor militar preparado en Francia, me imaginé que vería a un señoritingo, ajeno a los problemas del país, pero ya ves lo equivocado que estaba al pensar así, ahora reconozco para mis adentros que fue una duda hasta de las posibilidades del F.N.L.

—Cuando lleguemos al campamento continuamos hablando — dijo M'bindas, poniéndole la mano sobre el hombro a su amigo— ahora vamos a ayudar a cargar las armas, que la permanencia aquí es extremadamente peligrosa.

Cargadas las armas y llevadas hasta el lugar donde posteriormente serían recogidas por un par de camionetas, se dirigieron hasta las instalaciones donde funcionaría el campamento de instrucción militar, allí Kuro Cávil; señalando

para las pobres instalaciones y mirando paternalmente a M'bindas, le dijo:
—Ahí tienes un sueño, que comienza a ser una realidad, dentro de muy poco llegaran trescientos hombres seleccionados en todo el país y comenzaremos a impartirles instrucción, espero que nuestro campamento no sea detectado muy pronto por nuestros enemigos y podamos preparar por lo menos a este contingente.

M'bindas, con el rostro lleno de preocupación y mirando respetuosamente al Líder de la independencia, le respondió:
—No tenía idea de que se movería tanto personal para este primer curso, siempre pensé que se trataba de una veintena de hombres, no sé como me las voy a arreglar yo solo, para impartir tanta materia de clases a tanta gente de un golpe.
—Lo sé — dijo Kuro Cávil, en tono sentencioso — he pensado mucho en eso que dices y he llegado a conclusiones importantes sobre el tema, para empezar no te dejaré solo en esta tarea, desde ya soy tu más ferviente colaborador, como sabes no tengo conocimientos militares de ningún tipo, por eso seré tu primer alumno y si fuera posible uno de los profesores, pero también te ayudaré en la organización de las actividades, sobre todo en estos primeros tiempos, hasta que las cosas se encaminen.

Creando este curso, de la manera que lo tengo concebido, combatiremos junto al colonialismo al peor enemigo de nuestro pueblo, el que se mantendrá contra nosotros aún después de derrotado el usurpador de nuestra tierra, y con el que tendremos que luchar posiblemente durante más de un siglo. Me refiero a la ignorancia, la incultura, la falta de conocimientos, esa es una de las razones fundamentales por las que he solicitado trescientos de los mejores miembros de la organización. No pienses que ha sido un acto irresponsable solicitar tanta fuerza para este curso, todo lo contrario, es algo muy meditado, sé que no tenemos comida, ni sillas, ni personal adecuado para atender a tanto alumno, ni siquiera esterillas para que duerma tanta gente y como puedes observar las instalaciones se encuentran en pésimas condiciones, y de profesores ni hablar, ahora conmigo si me aceptas, somos dos, tocaríamos a ciento cincuenta alumnos por profesor y tendríamos que impartir cada hora una materia distinta, todo lo que verdaderamente es imposible, como tú bien sabes.

Pues bien haremos lo siguiente: para empezar estudiaremos a cada uno de los alumnos que lleguen al campamento, conoceremos si tienen algún oficio, o profesión, su nivel cultural, su lugar de procedencia, sus habilidades y experiencia de todo tipo. Para empezar los que no sepan leer ni escribir tendrán horarios de clases, para que aprendan, las que tendrán que combinar con el resto de sus actividades; los que sean campesinos, labraran la tierra para obtener alimentos; los que sean cazadores saldrán a buscar carne; los que sepan de carpintería trabajarán como carpinteros, los de buen nivel cultural impartirán clases de educación general y se adiestraran contigo en el dominio de las artes militares, todo esto con un sistema de rotación, que permita que la mayoría trabaje y estudie al mismo tiempo.

Del grupo de hombres que están bajo la jefatura de Joao, los que tiran ya, y que de alguna manera saben utilizar el fusil y la pistola, sacaremos los profesores de tiro, quizás enseñándole las técnicas que tú dominas, a su jefe para que él a su vez, enseñe a sus hombres, quiere esto decir que en un par de semanas tendremos profesores para impartir clases de esta materia a los trescientos hombres.

Con las personas de gran nivel cultural, tu te encargaras de hacerlos profesores de las distintas materias y las clases que les enseñas esta semana, ellos la imparten la semana próxima a sus alumnos.

—Es una idea genial, que no se me hubiera ocurrido —dijo M'bindas mirando a Kuro lleno de admiración— por eso creo que más que colaborador, usted debe ser el director del campamento; será como un ensayo general de cómo gobernaremos el país una vez liberado ¿No cree?

—Aunque lo digas en broma, así lo había pensado — dijo Kuro Cávil, mirando a su discípulo con expresión sonriente — he llegado a pensar que si no soy capaz de poner a funcionar este campamento y lograr los objetivos que me propongo con él, tampoco lo sería para dirigir una Nación que llegará a la independencia, que será una nueva etapa de su historia, como si emergiera de las ruinas, llena de problemas y dificultades.

Hay un par de cosas más que quiero decirte. Como te debes imaginar, aquí hace falta por lo menos un médico que organice la atención a todo el personal, he pensado en pedir a Nuno que nos ayude en esta misión, estoy seguro que vendrá alegre a esta tarea, que lo acercará a ti, que eres el centro de su vida. Esa realmente no es la dificultad fundamental, el problema es quién lo sustituye allá, en su labor diplomática y he pensado en Cristina de Castaneda a la cual sé que conoces perfectamente, porque trabajaron juntos en la creación de la Asociación Africana de Estudiantes. Si no estoy mal informado fuiste tú personalmente quién la captó, la he investigado dentro de mis posibilidades y sé que es hija de un acaudalado hacendado, reaccionario y malvado, pero que ella por el contrario, siempre ha mantenido una postura correcta y en eso debemos ser justos, no limitar nuestra organización con sentimientos sectarios, de origen, raza, extracción, o color de la piel, esta es una lucha de todo nuestro pueblo contra un opresor extranjero que es el régimen colonial.

De todas formas tu opinión es determinante en este asunto, a pesar de que en algún momento pensé que entre tú y esa hermosa muchacha, existía algo más que relaciones de trabajo y amistad.

—Desgraciadamente — dijo M'bindas, mirando a los ojos de Kuro Cávil con cierta tristeza— quizás por dejarme llevar por esos sentimientos sectarios y llenos de desconfianza, no tengo con esa hermosa muchacha, como usted dice, otras relaciones que no sean de trabajo y amistad, en cuanto a que sea nombrada, analizando el asunto en su justo medio, debo decirle que será una buena encargada de nuestros asuntos en Francia, porque deseos de luchar le sobran y conocimientos e inteligencia también.

Kuro Cávil, mirando aún con una sonrisa de simpatía a su joven amigo, le sentenció:

—Entonces dentro de poco tendremos aquí a Nuno, el que sin duda será una ayuda importante, no sólo por sus conocimientos de medicina y de la zona donde nos encontramos, sino también por sus dotes de organizador y maestro. En cuanto a Cristina y tú, no debes desesperarte, los he visto, y sé que ustedes son el uno para el otro. Claro, debes resolver el problema de los resquemores que tienes con ella y sobre todo y con su estirpe.

Dos semanas más tarde comenzaron a llegar los primeros alumnos, eran los de la capital, que arribaron en pequeños grupos de a cinco o diez. Entre ellos venían Sulmira, Lopo, Tencho y un par de jóvenes más de los antiguos alumnos del Liceo.

El encuentro fue de alegría indescriptible para todos, se pasaron horas conversando hasta que cayó la noche y se retiraron a dormir.

A la mañana siguiente M'bindas, Sulmira y Joao, fueron citados a la choza donde dormía y trabajaba Kuro Cávil. Los jóvenes que por casualidad se encontraron en la entrada de la habitación del líder de la independencia, se miraron unos a los otros sorprendidos, pero no tuvieron tiempo de hacer comentarios, porque a la puerta se presentó en persona Kuro, quién mirándolos afectivamente les dijo:

—Pasen, que quiero cumplir un viejo deseo.

Los tres jóvenes en silencio y llenos de un raro sentimiento de pena, alegría, inhibición, e incertidumbre, esperaron las próximas palabras de aquel admirado y respetado hombre, que los miraba con un rostro que a ellos les pareció de orgullo, para de manera cariñosa, continuar diciéndoles:

—Es algo que guardo desde el día que ustedes colocaron aquel mono colgado en el parque, cuando me enteré del acontecimiento dije que me gustaría conocer personalmente a los ejecutores de la acción, tuve la previsión de anotar sus nombres y aprendérmelos de memoria, ahora cumplo este deseo y a nombre del frente Nacional de Liberación y de todo nuestro sufrido pueblo, les doy las gracias y les reconozco el mérito de ser los iniciadores de las acciones contra el dominio colonial en nuestra tierra. Pero además y algo muy importante, desde ese día no han dejado de luchar y sé que lo harán, hasta lograr la plena independencia de nuestro territorio, o perecer en el intento. Por estas razones hemos decidido hacerlos miembros activos del Comité Nacional del Frente, lo cual se hace efectivo a partir de este momento. Además, ustedes que según me ha contado M'bindas, planearon de común acuerdo estas acciones, formaran a partir de este momento, junto conmigo, la jefatura de este campamento, digamos que el estado mayor que estará compuesto por mí, como les dije, en mi condición de jefe máximo del Frente, como segundo o Jefe de Estado mayor M'bindas quién como saben, se ha preparado para esta tarea durante años, como jefe de operaciones Joao y Sulmira como jefe de instrucción, También formará parte de la jefatura Nuno que será el jefe de los servicios médicos.

Terminado este improvisado y pequeño discurso, Kuro Cávil abrazó efusivamente a cada uno de los jóvenes.

M'Bindas, a nombre de los jóvenes, improvisó un pequeño discurso de agradecimiento y propuso a Kuro agregar a las jefaturas la de retaguardia, para que se encargara de los asuntos logísticos y propuso a Lopo como su jefe. Proposición que fue aceptada.

Unos minutos más tarde salieron de la habitación del líder de la independencia para dedicarse a sus labores cotidianas.

Pronto ya el campamento se encontraba organizado y funcionando, aún se hacían reparaciones y adaptaciones, pero tenían las aulas, las instalaciones de servicios como cocina, comedor, baños, una pequeña carpintería y se trabajaba en un taller de reparación de armamentos y otras instalaciones.

Tal y como se había previsto, Joao y su tropa se encargó de enseñar a tirar a todos los integrantes del curso, se impartían clases para la alfabetización de los que lo necesitaban, entre los que se encontraba Lopo, y comenzaban las clases por especialidades con los distintos profesores preparados por M'bindas, entre los que se encontraban el propio Kuro Cávil, Dosanto, Tencho, Sulmira, Joao y Sao.

Recordándose de lo sucedido el día en que colocaron el mono en el parque, Joao propuso que se impartieran clases de conducción de vehículos a todos los alumnos, para que dominaran este oficio y así se comenzó a hacer.

Oscurecía aquella tarde de Septiembre, cuando la guardia de la entrada al campamento anunció por teléfono de campaña la llegada de Costa Pinto, quién venía acompañado de Nuno, autorizada la entrada, el jeep que los transportaba se encaminó hasta la jefatura, en la que se encontraron afuera esperándolos a M'bindas, que no pudo esperar sentado en su escritorio y salió para recibir a su amado protector.

De la camioneta se bajó Nuno, venía vestido con ropa adecuada para una larga campaña en condiciones difíciles, esa imagen le recordó a M'bindas, al Nuno de los primeros tiempos de su niñez y en lo más recóndito de su ser sintió por el anciano todo el amor y gratitud infinita que guardaba en su corazón. No se detuvo un instante y salió a todo correr para abrazarlo y besarlo diciéndole:

—Cuantos deseos tenía de verte, es la primera y espero que la última separación que hemos tenido, desde que me recogiste por estos mismos lugares.

—Yo también te he extrañado mucho — dijo Nuno, con lagrimas en los ojos y aún abrazando a su querido hijo — pero bueno, cuéntame como van las cosas por aquí, según me habló Costa, el campamento de instrucción lleva ya funcionando poco más de tres meses y se considera por todos un rotundo éxito.

—Así es — dijo Kuro Cávil, que había salido de su choza y se acercaba— tan es así, que pronto podremos efectuar nuestra primera acción de combate contra el colonialismo.

Nuno estrechándole la mano a su jefe y amigo, le respondió:

—Me alegra entonces estar con ustedes, no quisiera perderme esa experiencia.

Costa Pinto tendiendo la mano para saludar a Kuro Cávil, mientras lo miraba alegremente dijo:

—No tienen idea de cuanta envidia siento al verlos aquí, en plena selva, dando los toques finales para comenzar las acciones bélicas.

—Pero tu tienes tus propias tareas — dijo Kuro Cávil con expresión seria— incluso ahora mas que nunca, a M'bindas se le ha ocurrido la organización de los servicios de inteligencia militar y tienes una participación importante en ella.

—Tanta importancia tiene la labor que realizará — dijo M'bindas, mientras abrazaba al viejo amigo de su padre— que se pudiera nombrar como el jefe de inteligencia del ejercito de Liberación, que recién crearemos.

—Tienen que explicarme, eso implica que podré estar aquí con ustedes, porque para mí sería lo máximo que me pudiera suceder.

—No, no tendrás que quedarte aquí como tú quisieras — dijo Kuro Cávil pasándole el brazo sobre los hombros y empujándolo suavemente rumbo a la choza que funcionaba como jefatura— permanecerás como hasta ahora en la capital, en tus funciones habituales, en tu consultorio, ejerciendo la medicina, en tu cómoda vivienda de la zona residencial y con tu imagen de blanco, con buenas posibilidades económicas y de vida. Ese es y será tu escudo protector.

—Ahora si que no entiendo nada— dijo Costa Pinto, mirando intrigado al Líder de la independencia.
—No te preocupes, que pronto te explicaremos — dijo Kuro Cávil y mirando a M'bindas, continuó — M'bindas te explicará mañana, ahora los invito a tomar un poco de café. ¿Qué les parece?
—Una magnifica idea — dijo Nuno, pasándole la mano por la espalda a su hijo cuando comenzaba a caminar para entrar en la jefatura.

Amaneciendo, M'bindas y Kuro Cávil se reunieron con Costa Pinto en uno de los locales que funcionaba como aula. El médico, realmente intrigado preguntó:
— ¿Por qué tanto espacio para sostener la añorada conversación? Bueno parece que comienzan los misterios del futuro servicio de inteligencia ¿No es así?
—Así es — dijo M'bindas risueño, mientras se sentaba en la silla detrás del escritorio, desde donde se impartían las clases en aquella aula— ya verás que no es tan misterioso el asunto, sólo siéntate junto a nuestro jefe y comienzo la explicación.
—Bien — dijo Costa Pinto una vez sentado— cuando quieras puedes comenzar la clase.

M'bindas, mirando fijamente al médico dijo:
—Como le decía Kuro, dentro de pocos días comenzaremos la añorada lucha armada, hasta ahora hemos podido mantener el secreto de este campamento, para lo cual sin dudas lo que más nos ha favorecido es el lugar tan alejado e inhóspito, donde se encuentra, tanto es así, que lo mantendremos no sólo como centro de entrenamientos, sino como cuartel general del Ejercito Nacional de Liberación, por esa razón las acciones se emprenderán fuera de esta zona, mucho más

al Norte, quizás a quinientos kilómetros de distancia. Iniciar los combates lejos, nos permitirá mantener este campamento como un refugio, un lugar seguro donde podamos mantener la preparación de nuevas tropas, reparar y en un futuro hasta fabricar armas, tener un hospital para los heridos graves, y los principales almacenes de víveres y municiones, en fin un centro logístico y de aseguramiento de los frentes de combate, que en un futuro serán varios. Como le decía, hasta ahora hemos mantenido en secreto el lugar y la actividad que hemos realizado, pero iniciándose las acciones militares se volcará sobre nosotros toda la fuerza del régimen colonial y de la metrópolis. Entonces será muy importante conocer todo lo más posible como piensa el enemigo, que planea, donde nos golpeará, para donde moverá sus tropas, que armamentos tienen, en fin información, para impedir que nos sorprendan, ¿comprendes?

Costa Pinto, moviéndose inquieto en su asiento respondió:

—Comprendo perfectamente, lo que no acabo de entender es cual es mi participación en algo tan interesante y al mismo tiempo tan importante.

—No te desesperes — dijo Kuro Cávil, con una sonrisa en los labios— M'bindas te lo explicará todo, incluso tendrás que permanecer aquí este fin de semana para que recibas algunas clases explicativas de la documentación que se te entregará, para que estudies por tu cuenta en tus pocos ratos libres.

—La cosa quizás es más simple de lo que se pueda imaginar — dijo M'bindas mirando directamente a Costa Pinto — se trata de organizar una red de espionaje, con su centro de recepción en plena capital, para esto hemos preparado a una veintena de hombres y mujeres, exactamente quince hombres y cinco mujeres y continuaremos instruyendo aún más. Estos soldados, partiendo de sus características personales, se han preparado como cocineros, choferes, criadas, nanas, e institutrices, o recepcionistas, pero sobre todo se han preparado en el arte de lograr información, conocen de códigos de transmisión de información, interferencias en teléfonos, lectura de cifrados, en fin tienen buena preparación en el oficio. Con ellos se han preparado un par de nativos blancos, que fungirán como los dueños de una agencia de colocaciones, que con tu ayuda montaremos en la capital, en el barrio más lujoso, con las oficinas más modernas y los medios de comunicación más sofisticados. Esta agencia pronto suministrará la servidumbre a las más encumbradas familias del país que radican en la capital, sus criados pues, serán nuestros agentes, que te informarán a tí, a través del centro donde se acopiarán y analizaran las informaciones, clasificándolas por su importancia, lugar con el que desde un inicio mantendrás comunicación visitándolo periódicamente, digamos que podrás pasar como uno de los asociados de los propietarios. El dinero que se recaude en este lugar por los servicios que prestará, servirá para engrosar los fondos del Frente. ¿Qué te parece la idea?

—Me parece magnifica — dijo Costa Pinto entusiasmado— Claro, tengo mucho que aprender y no sé si podré.

—Poder, podrás — dijo M'bindas con tono de seguridad en su expresión— pero además te llevarás contigo a Samuel, que es actualmente el especialista de más calificación de esta técnica, además graduado en Inglaterra en computación, quien lleva con él documentación suficiente para que te imparta clase a ti y de paso las tome él.

Desde ahora a la luz pública, es tu chofer, debes ponerle uniforme y tratarlo como lo que es, en cualquier parte donde se encuentre, incluso dentro de la casa. Será tu amigo y colaborador más estrecho, pero sólo en las penumbras y en el más profundo secreto, como suele ser este trabajo en el que te inicias.

Cuando te retires el lunes te llevarás contigo a Lopo, que es nuestro jefe de retaguardia, él conoce en la capital a un hombre que se dedica a transportar mercancías para el interior del país, quién te servirá de enlace con nosotros y te podrá ir llevando el personal que hemos preparado y que de inmediato conocerás. Eso del traslado de los hombres se hará poco a poco, todos son de la capital por lo cual no te tienes que ocupar de establecerlos, aunque sí de controlarlos. La conducta pública de ellos referente a la resistencia será de apatía y desconfianza, es duro y difícil, pero ellos tienen preparación suficiente para resistir eso y mucho más.

Unos minutos después de terminada la explicación de M'bindas comenzó a llegar al aula los veinte soldados, que desde ese momento se subordinaban a Costa Pinto y se dedicarían a la labor de inteligencia en la capital.

Esa mañana, después de concluida la entrevista con Costa y de impartir las clases que tocaban para ese día, M'bindas fue al consultorio que preparaba Nuno, quién al verlo le entregó un sobre y mirándolo cariñosamente le dijo:

—Te traje una carta de Eulalia, la pobre piensa que estas en Francia, y no entiende porque le dejaste de escribir.

M'bindas tomó la carta y se sentó en un banco del consultorio para leerla, su semblante se suavizó mientras se adentraba en la lectura, recordando los tiempos pasados junto a la bella mujer, que ahora le contaba sus añoranzas y le pedía que le hiciera aunque fuera unas letras y le suplicaba que regresara pronto, para de nuevo tenerlo, como en el verano anterior cuando ella lo había visitado a París y de los días de amor y pasión que pasaron juntos en aquella hermosa ciudad.

A la mente de M'bindas llegó el recuerdo de la temporada pasada junto a aquella hermosa mujer, que lo iniciara en los juegos sexuales y tanto placer le había proporcionado en la vida. Sintió como si estuviera allí el tibio cuerpo, suave y perfumado de ella sobre el suyo, con aquel contraste que producía su piel blanca, como la leche, con la negra de él, lo que era algo que invariablemente lo enardecía y llenaba de voluptuosos deseos carnales que volcaba amorosamente sobre ella. Aquella temporada de París, de caricias fabricadas, de infinito placer, espontáneo y surgido muchas veces de improviso, como algo novedoso para la pareja, que realmente se habían cultivado en la morbosidad de la espera de un encuentro y sazonados por la soledad de la distancia del ser deseado y de una permanencia casi constante del uno con el otro, se podría catalogar como de madures en sus relaciones sexuales con Eulalia, unas semanas que se gravarían en el recuerdo de ambos, para quizás, como le sucedía a él ahora, disfrutarlas en momentos de añoranza. Un gesto, un movimiento, una mirada, una expresión, la imagen de una posición determinada de su hermoso cuerpo, sentir su boca resbalar suavemente por su blanca piel, deteniéndose en cada protuberancia, bebiendo de sus líquidos, hasta sentirla vibrar de emoción. Eran momentos vividos junto a ella que guardaba en la memoria para despertarse en momentos cruciales en los que le deseaba y que hacía salir de lo más profundo de su ser, el deseo de disfrutar de aquella imagen guardada celosamente en los recuerdos. Los sentimientos hacía ella eran distintos a los que sentía por Cristina, por ella sentía pasión, deseo carnal, aunque de cierta manera por ella sentía un profundo cariño y gratitud, pero esencialmente la relación entre ellos era eminentemente sexual, no la pensaba nunca de otra manera que desnuda, tirada en la cama, boca abajo, o boca arriba, pero siempre desnuda, hermosa lasciva, hembra, violenta. A Cristina la asociaba tiernamente en la memoria con el perfume de rosas en atardeceres tranquilos y alegres; cuando pensaba en ella, se estremecía su ser, como si de pronto lo tocaran con una descarga eléctrica, que lo ponía en un estado de ensueño, despegándolo del suelo, como si fuera una pluma empujada a los aires por una suave brisa. Si la recordaba, era en su risa, en su semblante suave y delicado, en su dentadura perfecta, en sus negros y profundos ojos, en la suavidad de su piel. Cuando llegaba su imagen a la memoria lo hacía vestida, hermosa, amorosa, suave, delicada.

Quizás la comparación de sus sentimientos por Eulalia y Cristina, podrían explicar la diferencia entre deseo y amor, fue lo último que pensó, antes que la voz de Nuno lo sacara de su embeleso para preguntarle:

— ¿Alguna novedad?

—Nada importante— dijo M'bindas mientras guardaba la carta en un bolsillo de su chaqueta para posteriormente quemarla, como siempre hacía.

La creación del primer frente de combate fue un acontecimiento, se abriría con una fuerza no mayor a cincuenta hombres y debía nutrirse con personas de la zona donde operaría, estas fuerzas que se captaran, debían quitarle el armamento al enemigo y una vez probados en el combate, se enviarían al campamento de instrucción, por un período corto de tiempo, para después integrase nuevamente a su unidad.

Una vez seleccionado el personal que integraría el frente de combate, faltaba sólo por nombrar al jefe, para que partiera para la zona de operaciones.

Con ese objetivo fueron convocados en la jefatura por Kuro Cávil, quién al ver que se encontraban todos los que debían asistir dijo:

—He reunido a la jefatura, porque como saben hemos creado el frente numero uno, al que nombraremos Batallón 18, para despistar al enemigo y que se crea que son varios los que existen, realmente es el número de la decena el que da la cantidad para nosotros, es decir el uno de 18, posteriormente quizás crearemos el 23 y mas tarde el 31 y así.

Ahora queda por nombrar al jefe, de este primer batallón, es mi prerrogativa hacerlo, pero me debato en cuestiones y detalles en cuanto a quién debe ser el designado.

—Creo — dijo M'bindas interrumpiendo a Kuro — que nadie mas que yo debo ser el jefe de esa unidad, aunque debían estar en ella otros valiosos compañeros, para que se entrenen en la práctica, para la dirección de futuras unidades.

—Explícate un poco para entender — dijo Kuro Cávil, mirando con atención a su joven discípulo— en algún momento pensé en ti, pero dejar la escuela sin tu asesoramiento es lo que me preocupa.

—Creo que la escuela tiene una organización — dijo M'bindas, mirando indistintamente a todos y cada uno de los asistentes— cuenta con personal preparado en las jefaturas, y mantiene un alto nivel de disciplina, hasta tal punto es así, que ya la puede hacer funcionar sin dificultades cualquiera de los que están aquí, gente valiosa y calificada, quizás con un poco menos de profundización teórica, pero sí con los conocimientos necesarios y la experiencia requerida. Esto sin contar con que aquí está usted, que es el alma organizativa del campamento. Quizás alguno de ustedes piense que es un egoísmo mío querer dirigir esta primera unidad, pero créanme, es mucho más que eso, yo necesito corroborar en la práctica los conocimientos que tengo, estoy seguro que el enfrentamiento directo con el enemigo me ayudará en profundizar en mis conocimientos. Como decía, creo que pudieran ir conmigo Joao, y Dosanto, los que presentan magnificas condiciones para dirigir esta o cualquier otra unidad, pero inicialmente la dirección debe estar a mi cargo y ellos que estén conmigo, cuando lo entendamos, ellos y yo, y así lo decida usted, que es el jefe supremo de esta guerra que comienza, entonces yo regresaré y formaremos nuevos batallones.

—Yo entiendo lo que dice M'bindas — dijo Sulmira con rostro alegre, como si estuviera hablando de algo chistoso— sus conocimientos serán necesarios en los primeros enfrentamientos, en la práctica podrá hacer ajustes a lo enseñado a Joao y Dosanto, y con eso contribuir a que tengamos jefes capaces para las nuevas unidades.

—Es una discusión interesante — dijo Nuno, mirando sonriente a Kuro y a M'bindas— hace sólo unos meses no teníamos a nadie para dirigir una unidad, ni siquiera un soldado con la preparación elemental para el combate, y ahora discutimos quién puede ser el mejor jefe del primer batallón.

—Creo que entendí correctamente lo que dice M'bindas — dijo Kuro Cávil, como si pensara en voz alta— es más, no tengo dudas que quién debe dirigir el primer frente debe ser él, en definitiva le corresponde el honor y el privilegio de ser el jefe del ejercito de Liberación, para eso lo hemos preparado y debemos seguirlo preparando, sólo es importante que se cuide, porque aún nos hace mucha falta.

Dos días más tarde, M'bindas salía en marcha con sus cincuenta hombres acompañado por Joao y Dosanto, debían caminar trescientos kilómetros tratando de no coincidir con fuerzas del ejercito colonial, para establecerse en la región del extremo Norte del país, donde operaría el frente.

Nuno y Kuro Cávil los despidieron con esa mezcla de tristeza y alegría, con que se despide a quién parte a la lucha por una causa justa y necesaria.

El trayecto no fue fácil, debían sobre la marcha conseguir agua, y hacerse de alimentos, caminaban de noche orientándose por las estrellas, en un trayecto estudiado y trazado por el día y descansaban al amanecer, hasta las dos de la tarde, aproximadamente, en que comían algo y descansaban hasta poco antes de caer la tarde.

Tras quince días de camino se encontraron con una pequeña guarnición del ejército colonial. M'bindas mirando la instalación a través de unos binoculares y dirigiéndose a Joao y Dosanto, les dijo:

—Creo que tenemos al frente a nuestro primer objetivo, será este pequeño cuartel, que debe ser del escuadrón que controla la zona, vamos a observarlo durante el día y si es propicio esta misma noche los asaltaremos, allí podremos conseguir armas, municiones y algún alimento; es posible que tengan hasta algunos vehículos en los que podremos llegar a nuestra región en unas horas. Debemos enviar un par de exploradores, para que nos hagan una descripción del cuartel, sus áreas más vulnerables, el lugar más propicio para el ataque y la cantidad de hombres y tipo de armamento de que disponen. Joao, escoge dos hombres de los más calificados en esa especialidad y encárgate personalmente de la exploración. Te esperamos aquí descansando, no debes llegar después de las cuatro de la tarde, para tener tiempo de valorar tu información y elaborar el plan de ataque.

Joao sin decir palabra alguna, miró para los hombres que se encontraban descansando, tirados en distintos lugares por el suelo, a la sombra de una frondosa arboleda, y señalando con el índice para uno y otro de ellos dijo:

—Tú y tú, síganme, que salimos de operaciones.

Los dos hombres, sin decir palabra, se levantaron y lo siguieron perdiéndose rápidamente por la espesura.

Poco antes de las cuatro de la tarde, llegó Joao con los dos hombres y de inmediato se presentó ante M'bindas y le informó:

—Deben ser unos veinte hombres, tienen una ametralladora calibre cincuenta en el techo de la garita de la entrada, portan fusiles automáticos, pero se ven confiados, incluso en el momento en que los observamos, los dos hombres que atienden la ametralladora se encontraban jugando a las cartas entretenidos, ellos son en sí la protección del lugar, además de un soldado que custodia la puerta, revisamos por detrás de la instalación y no existe guardia alguna, por ese lugar los muros del cuartel son altísimos y difíciles de escalar, además me pareció que tienen instalado un sistema de alto voltaje, que seguro conectan por la noche. Mi opinión es que podemos asaltarlos por el frente, si logramos sorprender a la posta de la entrada y a los de la ametralladora entraremos al cuartel, aún con una buena parte de su tropa dormida. Me pareció que tienen en un estacionamiento al fondo un par de camiones de montaña, de esos de doble tracción.

Estudiemos las variantes de la operación— dijo M'bindas como si pensara en voz alta— atacamos esta noche, este cuartel será nuestro bautizo de fuego, pienso que será el más fácil de todos los ataque que realicemos, la sorpresa será aplastante; ellos no se pueden imaginar siquiera una cosa así, en un lugar tan apartado como este, donde seguramente nunca ha sucedido nada y estos soldados, como otros que conocemos, se beben dedicar, sobre todo, a explotar y expoliar al campesinado de la zona.

A las dos de la madrugada los cincuenta hombres al mando de M'bindas se aproximaron al cuartel y lo rodearon. Tres hombres al mando de Dosanto se acercaron a rastras hasta la puerta, él personalmente pasó a cuchillo a la posta, mientras los otros dos hombres colocaban una carga de dinamita en la garita y se retiraban junto a Dosanto, que vigilaba cualquier movimiento que pudiera resultar peligroso.

Allí lo más próximo que era posible esperaron por la detonación de la dinamita, que era la señal de ataque, y cuando esta explotó arrancando de cuajo la garita y la puerta, se introdujeron, seguidos por el grueso de la tropa dirigidas por M'bindas, sorprendiendo a la soldadesca, que asustada corrían, unos a vestirse, otros a tomar sus armas, y varios a esconderse. No obstante la sorpresa, pronto los soldados del puesto militar comenzaron a defenderse tirando con sus fusiles a los atacantes, pero el grueso no tuvo tiempo de alcanzar sus armas, por lo que el cuartel fue tomado en menos de una hora de combate.

El balance del encuentro fue muy favorable para las fuerzas del Ejército de Liberación Nacional, que no sufrió bajas, capturo treinta fusiles, dos ametralladoras calibre cincuenta, varias cajas de municiones, un Jeep, dos camiones y tres toneladas de víveres y otros alimentos, como carne fresca y pescado seco.

— ¿Qué hacemos con los detenidos? — dijo Joao, mirando con admiración a M'bindas, que hacía un conteo del armamento ocupado.

— ¿Cuantos son? — preguntó M'bindas a su vez, sin levantar la vista de un documento ocupado en la oficina del oficial de guardia, que leía.

—Son ocho — dijo Joao, parado firmemente frente a su jefe— doce resultaron muertos.

M'bindas, que había acabado de leer el documento, levantó la vista para mirar alegremente a su amigo y subordinado, y dijo:

—Nos los llevamos en los camiones y los vamos soltando por el camino, uno a uno, para que se demoren en contactar con su jefatura.

Envía dos de nuestros hombres, para que pongan en marcha los camiones, yo personalmente manejaré el Jeep, con estos vehículos llegaremos mañana al lugar donde operaremos permanentemente.

Treinta minutos después, salían en los dos camiones comandos, rumbo al Norte y por el camino iban soltando cada diez o veinte kilómetros a los prisioneros, a los que les decían que habían sido presos por el Ejercito Nacional de Liberación. Dos horas de camino más tarde, llegaban a las estribaciones de una cordillera montañosa, que era frontera con un país vecino, que había logrado recientemente su independencia. Esa misma noche establecieron contacto por radio con el campamento, e informaron personalmente a Kuro Cávil del bautizo de fuego del batallón y de la cuantía de la ocupación efectuada.

A la mañana siguiente M'bindas se reunió con Joao, Dosanto y los jefes de pelotones y escuadras, impartiéndole las órdenes siguientes:

—De inmediato debemos comenzar los trabajos de aseguramiento ingeniero, lograr una zona protectora similar a la que construimos en el campamento debe ser nuestra aspiración, como saben, allá tenemos una mezcla de las técnicas más modernas, que van desde los puntos fortificados, pasando por los campos minados, llegando hasta las trampas construidas con bambú, pedazos de laminas de acero y otros muchos objetos conocidos por ustedes, que se encuentran colocadas partiendo de las condiciones naturales del terreno, en las que se emplean un variado campo de sorpresas

A la madrugada siguiente sonó inquisitivamente el teléfono de la vivienda de Alvarez de Melo, ahora ministro del interior, quién malgenioso descolgó el auricular y dijo en tono enfadado:

—Oigo, que desea — y cambiando de tono enseguida continuó— si gobernador, como usted diga, si, si, voy para allá de inmediato.

Treinta minutos más tarde el lujoso auto que conducía al ministro del interior hacía entrada en el palacio de gobierno.

Alvarez de Melo bajo del auto y se dirigió por los amplios pasillos del palacio, tomó un elevador que lo condujo directamente al segundo piso caminando por un hermoso pasillo, con estatuas de bronce a ambos lados, hasta llegar a una amplia puerta de madera tallada que le fue abierta por un oficial que la custodiaba, al traspasarla se sintió ligeramente avergonzado, por que allí se encontraban sentados y escuchando la explicación que daba el jefe del ejercito, los jefes de las distintas armas y el consejo de ministros en pleno.

El gobernador lo vio llegar y con un movimiento de cabeza le ordenó que se sentara, volteándose de nuevo para escuchar la explicación que brindaba el entorchado general de ejercito, que brindaba una amplia explicación del ataque al cuartelito, que servía como un control de la población de una parte de la zona Norte. El jefe del ejército, concluyó su informe diciendo:

—Las fuerzas que atacaron, están bien preparadas, por los elementos que pudimos acopiar, se ve que fue una acción de las utilizadas por las guerrillas en otras partes del continente, corta de duración, porque no dio tiempo a nuestras fuerzas, ni siquiera para informar que las estaban atacando.

Pensamos que se puede tratar de una fuerza enviada por el vecino del Norte. País donde sabemos lo que ha sucedido recientemente.

—Lo que no entiendo — dijo el gobernador mirando directamente a Alvarez de Melo— es que nuestros medios inteligencia, que tienen ordenes expresas en ese sentido, no detectaran a tiempo la entrada de esas fuerzas en el territorio Nacional. ¿Qué opina usted de eso ministro?

Alvarez de Melo poniéndose de pié, con el rostro encendido por la ira, dijo mirando directamente para el jefe del ejército:

—Lo de que se trate de fuerzas del exterior es una conjetura, por cierto bien superficial, porque se emite sin tener elemento alguno de la labor que venimos realizando, tanto en la frontera, como en el propio país vecino. Yo puedo asegurar que no se trata de fuerzas enviadas desde el territorio de otro país. A pesar de que no podamos, precisamente para no pecar de superficiales, de hacer ninguna conjetura de cual puede ser la composición de esas fuerzas. Aunque penosamente reconozca que nos han tomado por sorpresa, puedo asegurar que se trata de fuerzas organizadas por los opositores a nuestro régimen que están dentro de nuestro territorio, hace ya meses que tratamos de conocer del paradero de Kuro Cávil, quién todos sabemos es el máximo jefe de la oposición. Se nos perdió hace más de cuatro meses en Francia, sabemos que pudo entrar en nuestro país con una falsa identidad, como ha sucedido en otras ocasiones, pero esta vez no hemos conocido de que se reuniera con nadie o mejor dicho se reunió con algunos de sus partidarios en una sola ocasión, y después desapareció como por arte de magia, sin que hasta el momento como ha sucedido siempre, nos llegara información alguna de que se encuentre en otro país, por lo que pensamos que no ha salido del nuestro, lo que según mi opinión explica quién esta detrás de este asalto a uno de nuestros cuarteles. Si me lo permiten, comenzaré un rastreo partiendo de aquella reunión y efectuaré una minuciosa investigación en los alrededores del lugar donde se produjo el ataque, para ver si sacamos alguna claridad de lo que está sucediendo.

—Bien, de Melo, — dijo El Gobernador General, en tono pausado— manténgame informado personalmente de su trabajo y no me falle esta vez.

En uno de sus recorridos por la zona, Tsé se percató de la existencia de un lugar con gente armada, no se acercó demasiado para evitarse dificultades, pero llegó a la conclusión que se trataba de un campamento militar. Como conocía tanto la zona y sabía que por allí no existían unidades del ejército colonial, supo de inmediato que algo raro sucedía en aquel lugar, y esa noche se lo contó a Don Cipriano de Castaneda, que después de escuchar atentamente lo que le decía su servidor dijo:

—Puede perfectamente tratarse de un campamento oficial de las fuerzas de la colonia, aunque analizándolo bien resulta raro que establecieran una instalación de ese tipo, tan próxima a mis tierras, sin que me lo dijeran. ¿Tú estás seguro que viste gente armada en el lugar?

Tse, bajando la cabeza sumisamente y mirando con los ojos suplicantes a Don Cipriano, dijo casi en un susurro:

—Si no estuviera seguro no vendría a decírselo, mi amo.

—Bueno, — dijo Don Cipriano en tono enérgico, mirándolo con cierto aire de desconfianza — nunca me has fallado en cosa alguna, espero que esta no sea la primera, porque personalmente iré a la capital para informar, o indagar, sobre esa instalación militar, que dices que acabas de ver.

Ronaldo de la Paz que se encontraba presente, y que hasta ese momento no había pronunciado palabra, dijo, mirando directamente a los ojos de don Cipriano:

—Usted me disculpa que intervenga en este asunto, que en un final no es de mi incumbencia, pero considero un error, que nos metamos en asuntos del gobierno y la oposición, lo nuestro es atender las plantaciones, cosechar, vender los productos, cosa que llevamos años de años haciendo, y lo seguiremos haciendo, gobierne quien gobierne.

—En eso estas equivocado — dijo Don Cipriano en tono suave pero decidido— no se trata de una lucha por un cambio de gobierno, sino por un cambio de sistema, hasta hoy y quiera Dios que dure para siempre, gozamos de las ventajas de vivir y hacer negocios en una colonia de ultramar de nuestro país, cuando esta se acabe, perfectamente se acabarán también nuestros negocios y nuestra manera de vivir.

Ronaldo, escuchó con atención los argumentos expresados por el dueño de la hacienda y después le respondió:

—En otros países que han dejado de ser colonias, de nuestro propio país, no sucedió nada, sólo aquellos que tuvieron participación política enfrentaron dificultades, el resto no confrontó problemas de ningún tipo y aún hoy viven allí y tienen sus propiedades y sus negocios. Por lo tanto tengo otra opinión sobre ese asunto, en mi último viaje a Portugal tuve oportunidad de hablar personalmente con algunos hacendados y negociantes en general, que viven actualmente en antiguas colonias y tienen la opinión que después que estos países salieron de abajo de las sayas de la madre patria, desde el punto de vista económico, las cosas más bien han mejorado.

—Es posible— dijo Don Cipriano, recostándose en la butaca donde se encontraba sentado— que como dices, en muchos países donde se derrumbó el régimen colonial no sucediera nada, pero en otros si ha sucedido, incluso en muchos de esos países la negrada enardecida dio muerte a infinidad de gente como nosotros, dedicados a las actividades económicas, que no tenían nada que ver con el gobierno.

Ronaldo, levantándose de su asiento para retirarse dijo:

—Yo solamente quería alertarlo, pero ya veo que tiene su decisión tomada.

Esa tarde, el hacendado partió en su avioneta para la capital, donde debía hacer varias gestiones de negocios, pero al aterrizar del aeródromo, fue directamente a las oficinas de su amigo, el Ministro Alvarez de Melo, a quién le manifestó lo que le había contado su negro servidor. Posteriormente hizo varias gestiones en la ciudad y al día siguiente regresó a la hacienda.

Con esta información y los elementos que tenía de la reunión celebrada en el palacio de gobierno el Ministro del Interior inició sus investigaciones, un elemento por aquí, un indicio por allá, informaciones que recibió de Francia, a solicitud propia, y algunos vuelos de exploración por encima del territorio donde se encontraba enclavado el campamento, lo acercaron a la realidad de que en el propio territorio del país, se organizaban fuerzas para la lucha armada contra el gobierno.

Con los elementos surgidos de esta minuciosa investigación Alvarez de Melo fue a ver al Gobernador General, poniéndolo al corriente de los acontecimientos. Para finalizar aquella entrevista que lo ponía, una vez más, a bien con la máxima autoridad del país, de Melo le reflexionó:

—En este campamento está el centro de las actividades armadas de la oposición, estoy seguro que el ataque efectuado mucho más al Norte fue ejecutado por fuerzas que salieron de este lugar, pienso que fue toda una maniobra, que aplicaron con la intención de desinformarnos, y sobre todo, de preservar un lugar que presenta tan buenas condiciones, por lo que seguramente regresaron y allí se encuentran, esperando quizás el momento oportuno para atacar nuevamente.

Aún sin que el Ministro del Interior, de Melo, abandonara el palacio, el Gobernador mandó a buscar al jefe del ejército y le impartió órdenes con el objetivo de enviar de inmediato tropas para atacar el centro de entrenamiento.

—Envía todo el regimiento del Norte, con su artillería terrestre, equipos blindados y apoyo de la aviación y de las fuerzas que usted considere que sean necesarias, para no dejar en el lugar ni vestigios de ese campamento.

La información de esta operación llegó por varias vías, enviadas por empleados residenciales y de instalaciones públicas, al centro de inteligencia, que recién organizara Costa Pinto, que de inmediato entregó un mensaje a Samuel para que lo enviara, dirigido personalmente a Kuro Cávil, Samuel lo codificó y tomó el auto de Costa Pinto para dirigirse a un pequeño parque, ubicado en un extremo de la ciudad, donde lo envió por radio, mediante un tiro rápido y regresó a la vivienda del médico para informar.

Kuro Cávil al recibirlo convocó a la jefatura del campamento y después de leerles el mensaje, hizo la siguiente valoración:

—Como ustedes han podido escuchar, los elementos de que dispone hasta ahora Costa, son simplemente señales, pero según su propio criterio, que comparto, las fuerzas que enviarán y seguramente están en camino para atacarnos, son cuantiosas, por lo que de inmediato, debemos prepararnos para desmantelar el campamento y retirarnos de esta posición, mientras llega M'bindas, al que envié un mensaje para que regrese de inmediato y se ponga al mando de esta delicada operación.

—Según pienso, al amanecer debemos tener la aviación sobre nosotros y a media mañana, de mañana, las tropas terrestres intentarán contactar con nosotros, así que hay tiempo para esperar por la llegada de M'bindas.

Cuando el sol comenzaba a perderse por detrás de las montañas anunciando que terminaba la tarde, M'bindas arribó en el Jeep al campamento, venía acompañado por Joao y un par de hombres bien armados, había dejado ordenes precisas a Dosanto, para que al amanecer atacara un pequeño puesto militar de la guardia fronteriza ubicado al extremo del territorio del país, con la intención de desorientar a los atacantes, a partir de ese momento debía ejecutar acciones seguidas, volar la cortina de una represa que daba luz a un extenso territorio y caminar en círculo atacando instalaciones y tomando cuanto poblado se encontrara a su paso.

Pasados sólo unos minutos de su llegada al campamento, el joven se reunió con la jefatura del campamento comenzó a impartir ordenes.

—Lopo debe encargarse de sacar los avituallamientos de armas, municiones y víveres y distribuirlos entre un grupo de cargadores, los que bajo tu propia dirección, deben moverse en dirección al Sur, cuando estén listos me avisas para dar la orden de partir, lo cual tiene que ser antes de las veinticuatro horas.

Se levantó de su asiento y señalando una posición entre dos río en un mapa que se encontraba colocado en la pared continuó:

—Se deben dirigir para este punto. Tú conoces el lugar, porque lo visitamos recientemente, para dejar allí provisiones para la apertura de un nuevo frente.

—Correcto — dijo Lopo, permiso para retirarme y comenzar.

—Puede — dijo M'bindas y señalando indistintamente para Joao, Sulmira y Tencho les ordenó:

—Ustedes tres, con grupos de poco más de veinte hombres, al mando de los cuales se deben poner, saldrán dentro de una hora a más tardar.

Sulmira debe quedarse a poco más de treinta kilómetros de aquí y preparar una emboscada para atacar a la vanguardia de las fuerzas enemigas. Como verás, ya las habrán atacado en dos ocasiones anteriores, así que vendrán avispadas y desconfiadas.

Después, señalando en el mapa un punto alejado en más de cien kilómetros continuó:

—Tencho hará lo mismo en los alrededores de esta posición, al igual que Sulmira, se encontrará a las fuerzas que atacará alertadas porque con anterioridad ya los habrán atacado.

Volviendo a señalar un punto en el mapa y mirando detenidamente a Joao le dijo:

—En tu caso Joao, debes prepárate para atacarlos en las proximidades de este punto, que se encuentra a más de doscientos kilómetros de este lugar, por eso debes llevarte el Jeep donde vinimos, en él puedes llevar a los hombres que apretadamente puedas trasladar, llévate minas y escoge en el lugar la mejor posición para sorprenderlos.

Terminada la escaramuza de la emboscada, en tu caso te retiras para el frente donde se encuentra Dosanto y te incorporas a él, con la intención de formar una nueva unidad con fuerzas que se incorporen.

Señalando nuevamente en un punto del mapa continuó:

—En el caso de Sulmira y Tencho, una vez efectuado el ataque, deben retirarse para la posición, donde acabo de decirle a Lopo que traslade los avituallamientos, es decir en este punto.

El resto de la jefatura, bajo el mando personal de Kuro se quedará en los alrededores hasta que la aviación comience a sobrevolar el campamento, la que esperarán con los veinte lanza cohetes antiaéreos, para derribar todos los que sea posible, después se retirarán antes de que comiencen la preparación artillera, que seguramente aplicaran, ese será el tiempo de que dispondremos para alejarnos lo suficiente, como para que cuando se lancen a tomar el campamento ya nos encontremos bien lejos. El trayecto de regreso de las fuerzas de Sulmira y Tencho, para llegar al punto que les he ordenado, debe realizarse haciendo un amplio circulo, alejándose todo lo que puedan de la posición de este campamento.

En cuanto al hacendado que nos delató, personalmente me encargaré con un reducido grupo de hombres, pagará por su conducta de ahora y por las felonías que durante años viene ocasionando en todo este territorio.

Kuro Cávil mirando con admiración a su discípulo dijo:

—Sé cuantos deseos tienes de rendir cuentas con ese traidor y sus seguidores, pero me parece que no es el momento de ajustarle las cuentas, debemos concentrar nuestro esfuerzo ahora en salir lo mejor posible de esta situación, no podemos poner en peligro una operación grande, por otra que siempre podremos ejecutar. Ahora creo que tu presencia con nosotros es determinante.

—Como usted ordene — dijo M'bindas, mirando respetuosamente a su querido jefe.

Entonces Kuro Cávil, preguntó a los allí reunidos:

—Alguna duda. — y observando las caras de comprensión y el silencio producido en la choza— entonces a trabajar en las ordenes que se han impartido.

Transcurridas dos horas, en el campamento no quedaba nadie. Solamente las fuerzas antiaéreas dirigidas personalmente por Kuro Cávil que se ubicaron posterior al campamento en la zona Sur, con la intención de sorprender a los aviones cuando se lanzaran para tirar, o en el despegue posterior al ataque.

Dosanto esa madrugada atacó al cuartel de la guardia fronteriza, el que tomó en tres horas de combate, capturando, quince fusiles automáticos, víveres, municiones, una planta de radio con las frecuencias del ejercito colonial, mediante la cual, durante las próximas horas, pudo escuchar las ordenes que se impartían en el movimiento de tropas para el asalto al campamento del Frente Nacional de Liberación. En este combate perdieron la vida dos miembros de su batallón y siete de los atacados. No existieron prisioneros, porque un grupo de los defensores de aquel cuartel huyó en los primeros momentos del enfrentamiento y otros sin disparar, se pasaron a las fuerzas independentistas atacantes.

Amaneciendo el día siguiente, irrumpieron sobre el campamento, diez aviones a propulsión, los que ametrallaron el lugar y dejaron caer bombas de Napalm, que de inmediato pusieron en llamas las instalaciones. En el momento de retirarse para cargar y regresar a una nueva incursión, fueron sorprendidos por los artilleros de los cohetes, que lanzaron veinte proyectiles al mismo tiempo, que derribaron a los diez aviones de golpe, sin dar tiempo a sus tripulantes a hacer absolutamente nada.

—Los derribamos, porque no se esperaban algo así — dijo Kuro Cávil mirando los equipos incendiados caer— estoy completamente seguro, que ni siquiera pensaron en que tendríamos con que tirarles. Ahora podemos retirarnos, la próxima sorpresa que se llevaran, será la defensa ingeniera con la que se enfrentarán a su llegada con la infantería.

—Es importante marcharnos de inmediato — dijo M'bindas, mirando al líder de a independencia— dentro de unos minutos, quizás comenzará la artillería terrestre a disparar, para crear las condiciones para el ataque de la infantería y no será bueno que estemos aquí para ese momento.

—Bien, nos retiramos — dijo Kuro Cávil, haciendo señas con el brazo derecho y con el rostro rebosante de alegría, por los éxitos alcanzados en el inicio de la contienda.

Ya a ocho o diez kilómetros de distancia, mientras caminaban por dentro de la espesura del bosque, sintieron las detonaciones de los obuses y morteros que se impactaban en las áreas del antiguo campamento.

Un par de horas más tarde, se lanzaban al ataque las fuerzas de la infantería del ejercito colonial, las que en formación de combate y precedidas por varios carros blindados, que fueron los primeros en tropezarse con las minas, las cuales hicieron volar a un par de ellos, mientras el resto se detenía en espera del trabajo de los zapadores. Los infantes, eran sorprendidos también por minas personales y caían en fosos llenos de palos punzantes, o tropezaban con hilos de alambre que ponían en funcionamiento pequeñas articulaciones que hacían desprender masas de horquetas, que como agujas se clavaban en el pecho y el cuerpo de los agresores. Cuando, dos horas después, los primeros asaltantes llegaban a la entrada del campamento, comprobaban que se encontraba abandonado y que unos quinientos soldados, bien muertos, bien heridos, se encontraban esparcidos por las inmediaciones, reflejando un panorama de derrota y desolación que impactó a todos.

A media mañana Joao llegó a la jefatura del frente que comandaba Dosanto, quién personalmente salió a recibirlo, cuando desde las postas avanzadas le informaron que se encontraba en la entrada al campamento.

Dosanto dándole la mano le preguntó:

—Como te fue en tu emboscada, me imagino que debió ser impresionante saber que te enfrentabas a todo un regimiento, según mi cuenta más de tres mil hombres y tú con solo diez.

—Nada — dijo Joao, rascándose la cabeza por debajo de la gorra que traía puesta— tal y como nos enseñó M'bindas en las clases, organicé la observación del camino por donde debía entrar la columna enemiga, antes escogí el lugar más adecuado para sorprenderlos y tener posibilidades de escapar después de realizada la acción, allí enmascaramos bien el lugar y los hombres que participarían en la emboscada, antes de organizar la forma y la dirección en que debía disparar cada hombre, nos dedicamos a colocar un grupo de minas dentro del pequeño desfiladero donde los sorprenderíamos, lugar desde donde podíamos posterior al combate replegarnos para tomar rumbo a esta dirección. Después sólo fue cosa de esperar, la orden de fuego era la primera detonación de las minas, o a su defecto una ráfaga lanzada por mí, pero funcionó lo de la mina.

Fue una acción, como debe ser en estos casos, de poca duración que no le concedió tiempo al enemigo para reaccionar, pues cuando vino ha hacerlo ya nos retirábamos, las perdidas de ellos se pueden calificar de cuantiosas, no tengo cifras, pero fueron mucho más de cincuenta, entre los caídos por la acción de la explosión de las minas y los que después cayeron bajo el fuego de nuestros fusiles y lo más increíble es que mis diez hombres y yo salimos sin un rasguño.

Dosanto, mirando admirado a su amigo y compañero de armas le dijo:

Los caídos del enemigo, entre muertos y heridos fueron ochenta y tres, según reportaron a su mando terminada la escaramuza provocada por tu emboscada. Ahora que conozco la cifra de los asaltantes, me da risa porque según informaron a su mando, las fuerzas atacantes sobrepasaban la cifra de doscientos hombres.

Ese puede ser otro éxito de tu operación, porque realmente me pareció que se creyeron que el asalto se produjo por fuerzas numerosas.

—Habrá que ver como le fue a Tencho y a Sulmira —dijo Joao, poniendo el Jeep en marcha, mientras Dosanto se montaba— ellos debían emboscar a esta misma fuerza cuando avanzara rumbo al campamento, lo que harían con un intervalo de cien kilómetros aproximadamente entre una emboscada y la otra, ellos contarán con un poco de más fuerzas, pero nada significativo y el enemigo estará alertado, así que las condiciones para sus acciones tendrán variaciones importantes e impredecibles.

Quince días, demoraron las fuerzas de la jefatura, en llegar al punto donde Lopo y sus colaboradores trabajaban para el establecimiento del nuevo campamento. El recorrido había estado cargado de sorpresas, la mayoría agradables, como aquel encuentro que sostuvieron, a sólo unos veinte kilómetros

del antiguo campamento, cuando fueron esperados en medio del camino, por más de doscientas personas, entre hombres, mujeres, niños y ancianos, frente a los cuales se encontraba un grupo de los más viejos, en representación de varias aldeas.
—Queremos unirnos a ustedes para combatir a los blancos portugueses— había dicho el anciano encargado para hablar a nombre de todos — Sabemos que con ustedes está Kuro Cávil y queremos conocerlo y ponernos a sus ordenes, sabemos que nos expondremos a morir en un combate, pero si permanecemos en nuestras aldeas, que todas se encuentran en las inmediaciones del campamento, que es asaltado en estos momentos, entonces moriremos de todas formas, pero de manera menos honrosa, porque nos matarán para presentar cadáveres a sus jefes, como si hubiéramos caído en combate.

Kuro Cávil, adelantándose a su comitiva y visiblemente emocionado, abrazó al anciano mientras le decía:
—Soy Kuro Cávil y le abro las puertas a usted y a sus acompañantes para que combatan, cada uno a su manera, contra los agresores, que ocupan desde hace muchísimos años nuestro suelo. Los niños estudiaran y se prepararán, las mujeres ayudarán unas en las labores del campo, otras en los comedores y almacenes y las más jóvenes serán soldados, después de prepararse, todos debemos trabajar y combatir durante todos los días, hasta que expulsemos a los usurpadores de nuestro suelo.

Una semana más tarde arribó al nuevo campamento Tencho, había asaltado un par de postas de guardias y venía acompañado de unos cincuenta hombres que se le habían sumado por el camino, muchos de ellos ya se encontraban armados por los fusiles ocupados en las escaramuzas con los cuartelitos de las postas.

—Como te fue en tu emboscada — le preguntó Kuro Cávil que lo había llamado a su choza para que informara.

—Los esperamos en el lugar que consideramos más propicio — comenzó a decir Tencho, parado frente al líder de la independencia— Traían al frente todo un pelotón en posición de combatir, creo que también llevaban otro al final de la columna. Dejamos pasar esta avanzada y tiramos de inmediato haciendo detonar unas cargas de dinamita que habíamos colocado con anterioridad. Hay que decir que de inmediato dieron respuesta a nuestra agresión, nos mataron cinco hombres y me llevé dos heridos leves, pero creo que le matamos más de treinta de sus fuerzas y sobre todo creo que contribuimos de manera efectiva a su desmoralización, pude ver a muchos correr despavoridos al primer disparo. Creo que la emboscada cumplió su cometido, no sé que opinión tienen ustedes.

Kuro Cávil, mirando con aire de admiración al joven estudiante, ahora convertido en jefe militar, le respondió:

—Nosotros hemos valorado toda la operación de desmantelamiento de nuestro campamento como victoriosa, tú acción, sabíamos que sería mucho más difícil que la de Joao, pero también esperábamos que la llevarías a feliz termino.

Tencho preguntó con rostro de preocupación:

¿Cómo les fue a Sulmira y a Joao en sus emboscadas?

M'bindas, que hasta ese momento había permanecido callado escuchando con atención el informe de Tencho, dijo:

—A Joao le fue muy bien, de Sulmira no sabemos nada, como no sabíamos de ti, hasta hoy que te presentas, esperamos que llegue de un momento a otro, te debes imaginar lo preocupado que está Lopo, no dice nada, pero todos sabemos la relación tan profunda que existe entre ellos.

Una semana más tarde, aún no existía noticia alguna de Sulmira y ya el grado de desesperación de Lopo, que hasta ahora había permanecido callado, no lo soportaba, por lo que se presentó ante M'bindas y de manera tranquila le preguntó:

—Ustedes no me ocultan nada con respecto a Sulmira.

—Puedes estar seguro que no, — dijo M'bindas en tono afectivo, mirando con pena a su antiguo jefe— estamos en guerra y en ella se muere, se cae herido, o prisionero, todos los días, razón por la cual son desgracias cotidianas, que no podemos con ellas hacer otra cosa que enfrentarlas con valentía, así que puedes vivir convencido de que cualquier noticia desagradable con respecto a tu esposa, te la daremos de inmediato. La realidad es que no ha llegado como estaba previsto, he hablado con Dosanto, que durante días tuvo en su poder un equipo de radio ocupado al enemigo, con el cual pudo escuchar sus comunicaciones, hasta que se percataron y cambiaron las frecuencias y nunca escuchó nada con respecto a Sulmira, que no sea que efectivamente efectuó la emboscada que le fue ordenada, incluso sabemos que en ella murieron más de treinta soldados coloniales y que en el lugar recogieron seis de nuestros hombres, pero a ella, como sucedió con Joao y Tencho, todo parece indicar que no la persiguieron, nuestros muertos son hombres, te imaginaras que una mujer muerta se hubiera destacado en la información.

—Y... ¿Qué podemos hacer? — preguntó Lopo, casi conociendo la respuesta.

—Nada, que no sea esperar a que aparezca Sulmira, o nos llegue algún indicio, que nos brinde la posibilidad de por lo menos investigar para conocer qué fue lo que le sucedió. De todas formas ten por seguro que te mantendremos informado.

—Bien— dijo Lopo, casi en un suspiro— permiso para retirarme.

—Puedes — le dijo M'bindas, dándole una palmada en el hombro.

Esa tarde fue convocada la jefatura del Ejército de Liberación Nacional por Kuro Cávil, quién cuando todos estuvieron en su choza les dijo:

Llevamos ya meses de constituidos como ejercito, hemos tenido nuestro bautizo de fuego, realizamos acciones y crecemos en cantidad y calidad de nuestros combatientes, pero aún nos faltan aspectos importantes por organizar.

En primer orden es necesario nombrar un jefe de las fuerzas que componen nuestro ejercito, después de esto será necesario de inmediato establecer un sistema de graduación militar, que como en todo ejercito, sirva para distinguir claramente a los jefes por su rango, calificación y mando. Lo cual será en definitiva un asunto formal en este caso, porque claramente se sabe quienes en la actualidad mandan en cada actividad de las que tenemos organizadas, pero el mismo crecimiento de nuestras tropas impone que establezcamos estas condiciones y reglas esenciales para la organización, la dirección y la disciplina de toda fuerza armada. Para jefe del Ejército de Liberación Nacional y con graduación de general de división, les propongo a M'bindas, a quién como todos saben hemos preparado durante años para esta función, y que además ha demostrado en la práctica, que es merecedor de la confianza que hemos depositado en él. Está claro que él ejercito es el brazo armado del F.N.L. y que por tanto se le subordina, en este caso M'bindas como jefe responde ante mi y el Frente.

He considerado imprescindible esta designación. Pronto me tendré que reincorporar a mis labores habituales en la dirección del movimiento de resistencia, aunque permaneceré una buena parte del tiempo con ustedes, deberé atender los múltiples asuntos que genera la lucha que libramos. Ahora es necesario que ustedes opinen, sobre lo dicho hasta aquí ¿Hay alguna opinión en contra?

El líder de la independencia miró a todos y cada uno de los presentes que lo observaban en el más profundo silencio y continuó:

—Bien, entonces se ratifican como jefes de las distintas direcciones a Nuno, en los servicios médicos, a Lopo en los servicios logísticos, a Costa Pinto en los servicios de inteligencia a Sulmira los de instrucción, Dosanto, Joao y Tencho como jefes de los frentes, Norte, Centro y Sur, respectivamente.

Para todos ellos propongo graduación de generales de brigada y a partir de ahí se nombraran y otorgarán grados por el jefe del ejercito a los distintos mandos subordinados a estas fuerzas.

Creo que se debe elaborar un reglamento para el ordenamiento de los mandos y el establecimiento de las normas de conducta de cada soldado y oficial de nuestro recién nacido Ejercito. Este reglamento cuando se concluya deben entregármelo para que sea aprobado por el F.N.L. Por nuestra parte elaboraremos un documento que regule las facultades del ejército y de su jefe y las relaciones de subordinación que tendrá al Frente.

Una semana posterior al nombramiento de M'bindas, Kuro decidió partir de regreso a la capital, para ocuparse de asuntos relacionados con la celebración de un evento internacional, que se efectuaría en un país de Africa que había logrado su independencia un año antes, allí se reunirían los jefes más importantes de los movimientos de Liberación de los países que aún luchaban y los que ya habían obtenido su independencia, para constituir un frente continental, que enfrentara en la arena internacional la lucha por el apoyo para el logro definitivo de una Africa libre e independiente.

Para esta fecha Sulmira aún no había dado señales de vida, por lo que al despedirse del estado mayor del Ejercito Nacional de Liberación, el líder de la independencia antes de partir, sugirió que se hiciera algo para descartar definitivamente cual podía ser la situación de la joven combatiente.

—Formaremos tres grupos para salir en su busca — dijo M'bindas, con tono de cierta incertidumbre en la voz, ni él mismo confiaba en que algo así daría resultados— será como buscar una aguja en un pajar, pero debemos intentarlo.

En el momento en que comenzaban a seleccionar los hombres para salir en busca de Sulmira y su grupo, se presentaron dos de sus hombres a la avanzada del campamento, los que fueron llevados de inmediato frente a M'bindas, quién mando a localizar a Lopo, para que participara en la entrevista con aquellos hombres que presentaban un aspecto lastimoso, por su estado físico y la suciedad de sus raídas y escasas ropas. El jefe del ejército los miró lastimeramente y les preguntó:

— ¿Qué ha sido de Sulmira y el grupo que la acompaña?

Uno de los hombres con la vista perdida en los recuerdos respondió:

—Desde que ejecutamos la emboscada nos empezaron a seguir, primero pensamos que los podíamos dejar atrás, ellos eran muchos y nosotros poco más de quince, pero no lo logramos, tras varios días de persecución nos tiraron un cerco, no sé cuantos eran, pero si sé que eran muchos, por orden de Sulmira apretamos la marcha para impedir que se cerrara el lazo que nos impidiera movernos, así caminamos muchos días más, llegó un momento en que no teníamos agua, ni nada que comer, lo del agua lo resolvimos encaminándonos hasta un pequeño arroyo que divisamos. Hace dos días Sulmira determinó romper el cerco para que saliéramos nosotros y pudiéramos contactar con ustedes para pedir ayuda, fue difícil pero lo logramos; durante dos días, con sus noches, hemos caminado en busca de este lugar, hasta hoy que finalmente los encontramos.

M'bindas mirándolos detenidamente les dijo:

—Creo que lo primero que deben hacer es asearse, vestirse con ropas limpias y comer algo, para que se recuperen un poco, porque dentro de dos horas partimos para el lugar donde se encuentran cercados nuestros compatriotas. No se preocupen por el estado físico en que se encuentran, pensando en la caminata de regreso, que iremos en un camión por lo menos hasta las proximidades del lugar.

Mientras los dos hombres salían; M'bindas le dijo a Lopo:

—Organiza dos grupos de veinte hombres cada uno, para la operación de rescate de Sulmira, uno lo comandaras tú y el otro yo. Personalmente quiero ocuparme del mando de esta acción, es un asunto que requiere de precisión y dominio de la táctica a emplear y como sabes no podemos fallar. Garantiza que en el camión en que nos transportaremos no falte comida y agua para el personal que se encuentra cercado, cosas sencillas que les sirvan para sofocar en algo el hambre que seguramente traen. También lleva varias bombas de humo y algunas balas de fusil que sean trazadoras. Cuando este todo listo me vienes a ver, para coordinar las acciones de tu grupo y el mío ¿Correcto?

—Correcto— respondió Lopo, con rostro resplandeciente de alegría.

Oscureciendo, salieron rumbo a la posición que había verificado en el mapa de operaciones, ubicado en la choza del puesto de mando y dos horas de camino en camión mas tarde, se encontraban en las inmediaciones del lugar donde él ejército colonial tenía tendido el cerco, de ahí en adelante se movieron a pie durante un largo trecho y casi a las doce de la noche llegaron al punto que M'bindas consideró ideal para traspasar las posiciones del enemigo.

Antes de partir a la ruptura del cerco, M'bindas miró el brillo de los ojos de Lopo en la oscuridad, y le precisó:

—Acuérdate que la ráfaga de balas trazadoras te indicará el lugar por donde romperemos el cerco y el sector de fuego de cada uno de nosotros, tú atacas a tu derecha desde afuera y yo a mi derecha desde adentro, con eso haremos una cortina de fuego que no les permitirá a ellos contenernos y los que vengan conmigo, podrán salir por la brecha que abriré en mi área de fuego, sin peligro a ser alcanzados por tus disparos, es muy importante que tan pronto veas la hilera de balas trazadoras, tires las bombas de humo para enmascarar la operación y confundir a nuestros enemigos. Con media hora de ofensiva será suficiente para romper su defensa, salir y ponernos fuera de su alcance; ahora mis hombres y yo entraremos y caminaremos

hasta localizar a Sulmira y sus hombres en el lugar donde dijo que nos esperarían, es importante que te mantengas atento desde que salga, hasta que té de la señal con la ráfaga. Unos minutos después M'bindas y sus hombres cruzaban la línea del cerco, lo que hicieron pasando a cuchillo a un grupo de soldados enemigos que hacían guardia. Durante poco más de una hora caminaron dando tumbos hasta que encontraron el lugar donde los esperaba Sulmira, que estaba acompañada de unos diez hombres, todos al igual que ella, en pésimo estado físico, pero el ver a su querido jefe los animó.
—No sabes la alegría tan grande que me da verte— dijo Sulmira en un suspiro de voz, mirando alegremente a su jefe y amigo.
—Más me alegro yo de verte con vida— dijo M'bindas abrazándola— pero después hablamos, ahora es preciso que salgamos lo antes posible, debemos romper el cerco para escapar antes del amanecer.

Serían las cinco de la madrugada, cuando Lopo observó la hilera de balas trazadoras seguidas del ensordecedor ruido de las ráfagas de varios fusiles ametralladoras, de inmediato ordenó a su grupo que disparara y lanzó las bombas de humo para todo el sector de fuego que habían determinado.

El tiroteo se generalizó, las fuerzas de ejército colonial, sorprendidas, disparaban a tontas y locas y se replegaban en distintas direcciones, muchos de sus hombres eran puestos fuera de combate, unos caían heridos o muertos, y otros huían despavoridos, ante la sorpresa y el volumen de fuego al que eran sometidos. Pronto M'bindas y su grupo, ayudando a Sulmira y los suyos, llegaban al borde del cerco y lo traspasaban, Lopo a ver a Sulmira la abrazó y cargándola salió caminando en dirección al lugar donde se encontraba el camión, unos minutos más tarde, Sulmira, con voz tierna y dulce le dijo a su amado compañero:

—Creo que no es necesario que me sigas cargando, yo puedo caminar y avanzaremos mucho más rápido ¿No crees?

Lopo con voz nerviosa le respondió:

—Discúlpame, pero tenía tantos deseos de sentir tu cuerpo en contacto con el mío, que bien te hubiera llevado cargada hasta el mismísimo campamento.

Ya en el campamento, los hombres del pelotón de Sulmira se integraron a las fuerzas allí acantonadas, fueron atendidos por Nuno y comenzaron un proceso de restablecimiento; algunos ingresados en el pequeño hospital que tenían habilitado en una de las chozas allí existentes.

Cuando Lopo y Sulmira se quedaron solos, ella mirándolo a los ojos profunda y amorosamente le dijo:

—Sobre todas las cosas tengo necesidad de tomar un baño, si quieres me acompañas hasta el río y nos bañamos.

Lopo, con el rostro iluminado por la alegría y sosteniéndole aquella dulce mirada, le respondió:

—Vamos, que la hora es muy buena para eso.

Salieron del campamento y fueron bordeando las márgenes del río buscando un lugar propicio, lo primero que se encontraron fue a un grupo de mujeres que con el torso desnudo, lavaban ropas golpeándolas con palos sobre una piedra, avanzaron un poco y se encontraron a varias mujeres que habían concluido de lavar y se bañaban, casi desnudas, junto a sus hijos y continuaron caminando hasta encontrar un ancho charco del río, bajo un frondoso árbol, que daba al lugar una sombra y ambiente agradable. Allí, sin quitarse las ropas, se lanzó al agua Sulmira y detrás de ella Lopo, que nadó junto a su amada mujer y la estrechó contra su cuerpo, comenzando a besarla mientras le quitaba la ropa para sentir en su cuerpo la carne de ella, que también comenzó a desnudar a su marido. Lopo le acarició los pechos con sus labios, mientras le acariciaba la espalda hasta detenerse en sus nalgas, pegándose cada vez más a su amada. Pronto se unieron, sintiendo el roce de sus cuerpos en la resbalosa humedad que tenían en la piel, transportándose por los senderos del amor y el deseo, hasta que exhaustos salieron y se pusieron las ropas, aún mojadas, para acostarse despreocupados debajo del tronco del árbol, allí permanecieron en silencio por un largo rato, cada uno disfrutando de la presencia del otro.

Fue Sulmira la que rompió el silencio para decir:

—Comimos gente, no te puedes imaginar que desagradable resultó, pero era un problema de vida o muerte, llevábamos ya más de diez días sin comer prácticamente nada, sólo alguna que otra raíz cuando la encontrábamos.

El día antes habíamos tratado de salir del cerco, disparamos en un intento de romperlo, pero las tropas enemigas lo que hicieron fue replegarse, una hora después, nos encontramos con aquel cadáver y uno de los hombres comenzó a despedazarlo para cocinarlo, nadie hizo comentario al respecto, cuando estuvo cocinado nos lo comimos sin decir palabra, nadie de los que comimos aquel día, de los que aún estamos vivos, ha comentado el suceso, ni creo que lo hagamos nunca, es de esas cosas horrendas y penosas que hacemos en un momento crucial de la existencia, que después guardamos como una profunda pena en lo mas hondo de nuestra conciencia, el resto de nuestra vida.

—Entonces no hables más del tema— dijo Lopo abrazándola cariñosamente, mientras la besaba.

Terminada la fallida operación para la liquidación del campamento guerrillero y sus ocupantes, el Gobernador General convocó a una nueva reunión en el palacio de Gobierno, para analizar lo sucedido y adoptar las medidas necesarias para detener aquel movimiento, que crecía y cada vez era más conocido y apoyado por la población.

—Creo que debemos empezar por escuchar el informe del jefe de Ejercito, así que tiene la palabra el General Alvez.

El entorchado general se puso de pie, visiblemente contrariado y mirando fijamente al Gobernador general, comenzó su exposición:

—Como se sabe, prácticamente desde que arribamos a la zona Norte, fuimos atacados en tres ocasiones por fuerzas que hemos calculado en mas de doscientos hombres en cada ataque, por lo que hemos llegado a pensar en varias hipótesis; o todo aquel campamento se volcó contra nosotros, para lo cual debieron tener información con anterioridad de que los atacaríamos, o realmente allí no había tal contingente militar opositor, como se nos había informado por el ministerio del interior, que por los medios de que dispone investigó el lugar y la zona, o los opositores nos brindaron la información enmascarada para sorprendernos, como lo hicieron, porque independientemente de los ataques a que he hecho mención, las proximidades al famoso campamento, estaban llenas de minas y trampas que nos causaron bajas cuantiosas, sin que enfrentáramos enemigo alguno. Nuestra aviación fue sorprendida y liquidados los aviones que fueron a realizar el ataque previo a las instalaciones del campamento, esto corrobora la primera variante que he expuesto de que conocían de nuestro ataque y se prepararon para recibirnos, como lo hicieron, se va del marco de nuestras posibilidades y corresponderá a los colegas del interior indagar, hasta que descartemos esta posibilidad, o encontremos las vías y medios de que se valieron para conocer de nuestro ataque. Por otro lado, durante días perseguimos y prácticamente cercamos a una de las unidades que nos asaltó y cuando ya parecía que los capturaríamos, fueron rescatados por fuerzas frescas, que rompieron nuestro cerco desde afuera, rescatando a las tropas sitiadas. Según la información que me brindó el jefe del regimiento Norte, fue todo un batallón, el ejecutor de este ataque sorpresivo

Alvarez de Melo, poniéndose de pie, con el rostro colorado por la indignación, interrumpió al jefe de ejército en su exposición para decir:

—Creo que el general Alvez, subestimó, en el momento de atacar a las fuerzas opositoras y ahora sobrevalora las posibilidades de nuestros enemigos. Los que sorprendieron a nuestra columna son realmente un grupo de facinerosos y según la información de que dispongo y me disculpa el jefe del ejercito, no excedieron de una centena la suma de todos los hombres que intervinieron en los ataques; lo cual aún sin esta información de que dispongo es fácil de deducir, porque nadie puede creer que doscientos hombres se desaparezcan como por arte de magia, sí debemos analizar aquí, que se trata de fuerzas bien preparadas, y que la táctica que emplean es la de muerde y huye, muy empleada en estos tiempos.

El General Alvez, jefe del ejercito se sentó aplastado por los argumentos expuestos por de Melo y ni siquiera continuó su informe. Concluida la reunión, presentó su dimisión al Gobernador Genera, quién se la aceptó de inmediato.

Kuro Cávil llegó a la ciudad y de inmediato se comunicó con Costa pinto para informarle de su designación y ambientarse en los sucesos acaecidos en la capital y el país y tras una breve estancia, de apenas dos días, salió rumbo al país africano donde participaría en el Evento Internacional.

Días más tarde, a las oficinas de Alvarez de Melo, llegó la noticia de la participación de Kuro Cávil en la conferencia Internacional, quién de inmediato solicitó una entrevista con el Gobernador General y al ser recibido por éste, cumplidas las formalidades del saludo, le explicó de la celebración del evento, precisándole fechas, país y asistentes.

—Conozco de la famosa Conferencia — dijo el Gobernador General, mirándolo con extrañeza reflejada en el rostro— una de las tantas que se celebran cada año, lo que no sé, es que tenemos nosotros que ver con una cosa así.

Alvarez de Melo, inclinándose para atrás en la butaca donde se encontraba sentado y con voz suave y pausada, dijo:

—He conocido, por fuentes nuestras en el exterior, que Kuro Cávil participa en esa conferencia, es más ya está en ella y he pensado que puede ser una oportunidad de deshacernos definitivamente de él y con eso, acabar de paso con toda la situación que venimos confrontando en el país en los últimos tiempos, que son concebidos y dirigidos por el famoso F.N.L del cual, como usted sabe, Kuro es su jefe y guía. Si logramos eliminarlo físicamente, estoy seguro que acabaríamos de un golpe con toda esta situación de subversión que tenemos creada, y que cuestan vidas y recursos a nuestro país, pero si por esta vía no logramos eliminar este problema definitivamente, por lo menos evitaríamos el creciente apoyo que vienen logrando de la población y el nivel de organización que por días logran. En fin, retrasaríamos estas actividades y situaciones por unos cuantos años, quizás los que no duraríamos usted ni yo.

— ¿Qué propone usted en concreto? Dijo el Gobernador, mirando con sus ojillos brillantes por la alegría, a su hábil ministro.

Alvarez de Melo, comprendiendo que su idea era aceptada con agrado, continuó:

—Secuestrarlo y traerlo para acá, o mucho mejor, estudiar el momento oportuno y eliminarlo allí mismo, cosa que podría ser muy fácil, con eso evitaríamos situaciones políticas en nuestro territorio, protestas y esas cosas usted sabe.

—Quién podría hacer una cosa así— preguntó el Gobernador, interesado en la idea de su colaborador.

Si tenemos en cuenta que disponemos solamente de unas horas para ejecutar la acción, solamente será posible si lo realiza un comando de nuestro ministerio. Durante los últimos tiempos, como usted sabe, hemos preparado personal para actividades de alto grado de complejidad, dentro o fuera del país. Este comando que enviemos, actuaría con apoyo de agentes nuestros, ubicados en el territorio donde se celebra la conferencia.

—Como sabes — dijo el Gobernador, con expresión preocupada — si se descubre una cosa así, podrá traernos dificultades de orden internacional.

—No se preocupe— respondió de Melo sonriente— he preparado un comando integrado solamente por negros nativos, seleccionados por su fidelidad a nuestro régimen, que si fueran sorprendidos pasarían como un grupo de gente simple, que está en desacuerdo con las cosas que suceden actualmente y que son enemigos jurados, por problemas tribales, del jefe de la oposición, porque realmente ese es el caso, de estos hombres que le digo, me refiero a las diferencias tribales. Todo está listo para ejecutar la acción, sólo falta su aprobación y hoy mismo enviamos a nuestros hombres a ejecutarla.

—Me parece buena idea — dijo el Gobernador General, moviendo la cabeza en tono afirmativo, como si fuera empujada por sus pensamientos — ejecuta la acción y me informas de los resultados.

Esa misma tarde, del Aeropuerto Internacional enclavado en la capital, salían cuatro hombres vestidos de manera elegante, aparentemente, eran ejecutivos, que no se conocían entre ellos y supuestamente harían una breve escala en el país donde se celebraba la Conferencia Internacional, para continuar viaje a distintos puntos de Europa.

Dos horas más tarde, el avión que los transportaba aterrizaba y cada uno de ellos salía y se hospedaba en un hotel distinto, mientras el jefe del grupo, un hombre de unos treinta y cinco años, de cuerpo atlético, en su propio hotel rentaba un auto y se dirigía hasta un punto de la ciudad, donde le entregarían las armas para la ejecución del atentado.

Ya situado en un establecimiento, que estaba a punto de cerrar sus puertas, se dirigió al dueño, un portugués alto y fornido, de ojos claros y semblante rosado a quién sin saludar le dijo:

"Tres marinos locos, salieron a pasear"

El portugués alto y fornido sin levantar la vista le contestó:

"Caminaron por el puerto, para después regresar" y mirando al negro que tenía frente a sí continuó:

—Da la vuelta por detrás, que te abriré una puerta para que entres el auto y te lleves el otro.

El jefe del comando, le dio la espalda para dirigirse al auto en que había llegado hasta allí, mientras le decía:

—Correcto.

—Todo en orden — dijo el portugués, alto y fornido, al entregar al jefe del comando los cuatro fusiles automáticos, con dos cargadores cada uno, guardados cada uno en su correspondiente estuche y enseñarle un auto Taxi, con matricula y permiso de la ciudad.

—Todo en orden — respondió el negro de cuerpo atlético, mirando sonriente al portugués — mañana, si no aparece ningún problema, dejo el vehículo con las armas aquí, y me llevo el que traje.

—Correcto — dijo el portugués, abriendo las puertas del garaje, mientras el negro se montaba en el Taxi, para salir del lugar.

Costa Pinto que había recibido la información de que se ejecutaría el atentado, pero con muy escaso tiempo, no tuvo tiempo para otra cosa, que para enviar un mensaje a M'bindas, que supo desde ese momento, que sólo un milagro podía salvar de la muerte a su entrañable jefe y amigo, por lo que decidió prepararse psicológicamente él, y también preparar a sus compañeros, para lo peor, por lo que convocó al estado mayor del Ejército Nacional de Liberación para valorar la situación.

Una vez presentes todos los que debían asistir, les dijo:

—Ha llegado un mensaje de Costa Pinto, donde nos informa que se ejecutará un atentado contra nuestro Kuro Cávil, del cual según mis impresiones será muy difícil que pueda escapar, se trata de un comando especialmente preparado para una cosa así, que cuentan con el apoyo de agentes de la colonia, ubicados en el territorio del vecino país, por eso los convoqué, para esperar aquí, acuartelados, los resultados de esta acción del enemigo y proceder en consecuencia y si fuera necesario, partir hasta donde se encuentra nuestro jefe en su ayuda. Ahora sólo nos queda esperar y pedir a Dios que ayude a nuestro líder a salir de la encerrona donde se encuentra.

Nuno, mirando a su hijo y jefe de ejército con tristeza, reflexionó:

—Si pudiera estar junto a él en estos momentos, aunque fuera como médico lo podría ayudar, pero según dice la información enviada por Costa, el atentado se ejecutará esta propia mañana. Alvarez de Melo procedió en silencio y cuando obtuvo la aprobación para ejecutar a nuestro líder, ya lo tenía todo listo para llevarlo a la práctica, por eso nos toma desprovistos y sólo queda esperar por los resultados y confiar en la eficiencia de los hombres que protegen a Kuro.

A las siete y treinta de ese día siguiente, el jefe del comando salió del estacionamiento del hotel donde se encontraba hospedado y fue recogiendo en distintos puntos a los participantes en la acción, entregándole a cada uno un fusil desarmado en dos partes y guardado en estuches de distintos tipos, unos de instrumentos musicales, otros de implementos deportivos, que le fue entregado a cada cual, según la ropa que llevaba puesta, para que armonizara perfectamente con el estuche; posteriormente los fue dejando en puntos cercanos al edificio donde se celebraba el evento.

Cada uno de los hombres se dirigió hasta un edificio de los alrededores y se colocó en un punto predeterminado, próximo a la entrada del lugar, donde esperaron con calma al arribo de Kuro Cávil, quién no tardó en aparecer en un auto conducido por el chofer, que también le hacía funciones de custodio y otro hombre, que venía sentado al lado de éste, que era el jefe de su protección personal.

Serían las nueve de la mañana, cuando el auto se detuvo y el hombre que venía sentado al lado del chofer se bajó, miró para distintos lugares, e hizo señas al líder de la independencia para que se bajara, quién de inmediato, abrió la portezuela del auto y comenzó a bajarse lentamente, con la mirada puesta en la entrada del lugar donde se celebraba la conferencia. En ese preciso instante, desde la altura de distintos edificios de los alrededores comenzaron a disparar, cayendo de inmediato el chofer, el jefe de su protección y el propio Kuro Cávil, que llegó al suelo sin vida.

Los guardias que custodiaban el lugar reaccionaron, pero de forma tardía y tiraron para uno de los edificios, desde donde habían disparado minutos antes, pero ya en el lugar no había nadie.

Treinta minutos más tarde, después de dejar a sus tres acompañantes en distintos puntos de la ciudad, para que salieran para el aeropuerto y de inmediato salir del país. El jefe del comando dejaba las armas dentro del Taxi y se dirigía al establecimiento del portugués y retornaba a su hotel, donde con toda su calma, devolvió el auto rentado, liquidó sus cuentas y salió rumbo al aeropuerto, donde tomó un avión con destino a Europa.

La noticia del asesinato de Kuro Cávil conmovió a la opinión pública nacional, e internacional, medios de prensa de todo el mundo hacían circular el acontecimiento; valorándolo como un criminal atentado, no sólo contra el líder, sino también contra la soberanía del país donde se ejecutó la acción pero, como sucede siempre en estos casos, unos días más tarde, nuevas noticias cubrieron los periódicos y revistas y ya no se habló más del tema.

Para los miembros del estado mayor del Ejercito Nacional de Liberación, fue una triste y desoladora jornada aquella que pasaron esperando por la noticia, hasta que al final de la tarde comenzaron a llegar informaciones, la primera fue del propio Costa Pinto, ratificando, que por sus medios, había conocido del desenlace fatal de los acontecimientos, después fueron los medios de información internacional y los nacionales que con la anuencia y solicitud del Gobierno Colonial la hacían circular.

La tristeza embargó a los jefes y soldados del campamento y de los tres frentes organizados en el territorio del país, así como entre todos los ciudadanos del país, que se llenaban de la amargura y la incertidumbre de cual sería el futuro que les preparaba el destino, después de la desaparición física del líder de la independencia, el padre de la patria, Kuro Cávil.

—Algo debemos hacer — dijo M'bindas a su estado mayor, reunido nuevamente, después de conocer oficialmente la noticia — debe salir un grupo de nosotros para el lugar donde se encuentran los restos mortales de nuestro líder, para proceder a las honras fúnebres, y otro grupo, con el que les propongo organizar el ajusticiamiento de Ministro del Interior y enemigo de nuestra causa, Alvarez de Melo, sé que con eso no devolveremos la vida a Kuro Cávil, pero también sé, que eso restañará en algo la pena y el dolor que sufre nuestro pueblo en estos momentos y que el Gobierno Colonial sepa, que devolveremos golpe, por golpe, cada vez que suceda algo así.

Para la primera tarea, les propongo a Nuno, Sulmira y Lopo y de la segunda me ocuparé personalmente, ayudado por Costa Pinto y su servicio de inteligencia, creo que de todas formas debo ir a la capital para contactar con la dirección de Frente Nacional de Liberación, el que debe de inmediato nombrar un nuevo presidente, para darlo a conocer a la población y continuar la lucha.

Al día siguiente, ya al atardecer llegaban a la capital; Sulmira y Lopo se dirigieron a la casa del padre de ésta y Nuno y M'bindas a la residencia de Costa Pinto.

Esa noche, se efectuó la reunión del Frente Nacional de Liberación, convocados por Librado Maputo, secretario General del Frente en la capital y en la práctica el segundo hombre en prestigio y autoridad de la resistencia.

En esta reunión, en la que finalmente fue aprobado Librado como el nuevo presidente de la organización, se manifestaron ya, tendencias al divisionismo y el oportunismo, porque fueron varias las propuestas para ocupar el cargo y se pudo apreciar con claridad, que mientras la mayoría estaba consternada por la caída del jefe y guía de la resistencia, otros hacían gestiones para ser elegidos para la máxima dirección del órgano, manifestándose tres tendencias bien definidas entre los participantes de aquella reunión.

La elección de Librado, en última instancia, fue determinada por los generales que sin pensarlo, ni ponerse de acuerdo, apoyaron en bloque su candidatura. Muchas veces, como el resto de los miembros de aquella institución, habían escuchado al propio Kuro Cávil, referirse a Librado como su sustituto natural en la jefatura del movimiento. La reunión también aprobó la salida de una delegación de sus miembros para el entierro del Líder, pero su composición fue otra, por considerarse por la mayoría, que los generales debían reincorporarse a sus actividades. Sólo Nuno fue seleccionado para el grupo, que sería presidido por Librado en persona, quién aprovechando su participación en el funeral, debía efectuar declaraciones en el exterior a nombre del F.N.L. anunciando su designación y convocando al pueblo a continuar la lucha.

Concluida la reunión, M'bindas abordó al nuevo presidente del Frente y le propuso la acción de ajusticiamiento del Ministro del Interior.

Librado, mirando con admiración al joven jefe del ejército le dijo:

—Creo que será muy oportuno y que contribuirá a fortalecer nuestras posiciones dentro de la población. La caída de Kuro ha sido un rudo golpe para el movimiento, y una cosa así ayudará para hacer conocer, que no obstante, la lucha por la independencia continuará siendo un objetivo irrenunciable para todos. Lo que me preocupa es que quieras ejecutar personalmente la acción y que pongas en peligro tu vida, que tanta falta nos hace en estos momentos. M'bindas, mirándolo con ojos suplicantes le respondió:

—Le podría decir muchas cosas y esgrimirle un sin número de argumentos para justificar que debo ser el conductor de esta acción, pero la más poderosa de todas las razones que tengo y que espero usted comprenda, es que quisiera darme el gusto, de personalmente, rendir cuentas a quién cercenó a nuestro movimiento, matando a nuestro líder, por demás mi amigo y maestro.

—Si tanto lo deseas, — dijo Librado, poniéndole la mano sobre el hombro a su joven jefe de Ejercito— organízalo como mejor lo consideres, te doy plenas facultades y daré orden, para que te ayuden financieramente en lo que sea necesario, para la ejecución de la acción. Mis declaraciones en el exterior y una cosa así, serán una tremenda ayuda en un momento, como el que estamos viviendo.

Tarde en la noche, M'bindas fue visitado en su habitación por Eulalia; la tristeza que embargaba al joven general, lo predisponía un tanto para un romance con aquella bella mujer, pero como sucede siempre, la vida se impone a la muerte y se vive y se disfruta, dejando atrás, por lo menos por un momento, las secuelas sentimentales que arrastró a un ser humano un suceso penoso y triste.

Quizás por su estado de ánimos, M'bindas, en un primer momento se mostró desanimado, pero pronto ella supo, con sus caricias, sacarle del fondo de su ser el deseo carnal, reprimido durante tanto tiempo por el joven quién reaccionó, quizás con cierta brutalidad inicial, que lejos de molestar a la delicada mujer, la llenaron de sensaciones de posesión por aquel hombre con el que soñaba, dormida y despierta, y que tenía dentro de ella después de tan larga temporada.

—Fue una noche memorable — dijo ella, suavemente al amanecer del siguiente día, mientras le acariciaba el pecho con la punta de los dedos.

—No te puedes imaginar cuanto te la agradezco yo — respondió M'bindas, mirándola tiernamente— la muerte de Kuro Cávil, ha sido para mi un fuerte golpe.

—Yo solamente lo ví en una ocasión — dijo Eulalia, con la vista perdida, como esforzándose en recordar— pero siempre escuché las mejores opiniones en cada lugar y momento que se habló de él.

M'bindas, besándola en los labios se despidió y regresó al cuarto del lado, para unos segundos más tarde encontrarse con Costa Pinto en la biblioteca, donde comenzaron a planear la acción de ajusticiamiento de Alvarez de Melo.

M'bindas, mientras se sentaba en una butaca frente al escritorio, detrás del que se encontraba sentado Costa, dijo:

—No creo que será conveniente ejecutar una acción de esa envergadura, sin antes tener toda la información necesaria del terreno por el cual se mueve nuestro objetivo y estudiar correctamente el lugar y el momento de la ejecución. Para esto será necesario mover todos los recursos y posibilidades de tu red de inteligencia, para lograr hacer una caracterización de los hábitos, costumbres y aficiones de este hombre, que nos permitan decidir, dónde, cómo y cuándo, lo ejecutaremos.

—En eso no debe haber dificultades — dijo Costa Pinto, mirando a su joven amigo por encima de los espejuelos— creo que en unos días podré presentarte los elementos necesarios, para de conjunto elaborar el plan de la acción, mientras, podrás seleccionar el personal y las armas que utilizaras.

—Las armas las traerá Soany, el amigo de Lopo, que se dedica al traslado de productos del agro para la capital y los participantes serán el propio Lopo y Sulmira, que como sabes vinieron con la idea de asistir al funeral de Kuro Cávil.

De aquí solamente utilizaremos Samuel, en actividades de apoyo, así no tenemos que contactar a nadie de la capital, que pueda de alguna manera ser detectado por los medios de información, o inteligencia, de la Seguridad Nacional. En este caso, tengo una idea clara de la forma en que ejecutaré la acción, por eso tengo que seleccionar correctamente en lugar, la hora y las condiciones en que la desarrollaré. Solamente el acto de ajusticiar a este hombre, que tanto daño nos ha causado desde que ocupaba el cargo de jefe de la policía, es de por sí, un estimulo a hacer las cosas correctamente.

—Bien — dijo Costa, comenzándose la levantar de su asiento— cuando tenga todo listo te lo informo, ahora creo que debemos ir a desayunar. Eulalia debe estar preocupada esperando por nosotros.

Dos días más tarde, Soany llegaba a la capital con la carga de los armamentos que se utilizarían en el atentado y ayudado por M'bindas y Samuel, las guardaba en el garaje de Costa Pinto, hasta el momento en que se ejecutaría la acción.

Esa misma noche, al regresar del consultorio, Costa Pinto invitó a M'bindas a su biblioteca y allí le brindó la información que requería para la ejecución del connotado y repudiado ministro.

Al siguiente día M'bindas junto a Samuel, recibió en la casa de Costa a Sulmira y Lopo, quienes se presentaron aproximadamente a las diez de la mañana y permanecieron allí hasta pasadas las dos de la tarde; precisando aspectos relacionados con la acción, para la que se encontraban en la capital, después, fueron a almorzar a un lugar ubicado próximo al centro, y allí permanecieron hasta casi las nueve de la noche, cuando M'bindas en el automóvil de Nuno, los llevó hasta la casa de Sulmira.

Esa noche, alrededor de las diez, Samuel fue llevado hasta las afueras de la ciudad por Costa Pinto en su auto, lo dejo en la parte posterior a un lujoso casino, en el cual Samuel se introdujo en el estacionamiento de vehículos y se robó un auto nuevo y potente.

Ya guardado el auto robado en el garaje de la residencia de su jefe, lo pintó, cambiándole el color azul oscuro, por otro azul de un tono pálido, colocándole en la guantera los documentos falsos, necesarios para circular, le rellenó de combustible y le revisó el estado técnico, dejándolo listo para partir al día siguiente. Posteriormente colocó una pequeña caja en el porta-guantes del auto de Nuno y se retiró a su habitación a descansar.

A las siete de la mañana del siguiente día M'bindas conduciendo el auto de Nuno recogió a Sulmira y Lopo, en las proximidades de la casa de los padres de ésta y partieron nuevamente para la zona residencial, escogieron el lugar más apropiado, según la información de que disponían. Esperaron hasta las ocho y cincuenta y cinco y a esta hora sacaron del auto un lanza cohetes y dos fusiles automáticos, parapetándose detrás de otros vehículos que se encontraban estacionados en el lugar. La posición ocupada por M'bindas era adelantada unos seis metros con respecto a la de sus compañeros. Unos segundos más tarde llegó Samuel con el carro azul pálido y lo dejó al doblar de la esquina, recogiendo el auto de Nuno, en el cual caminó hasta un lugar próximo en la propia calle, sacó del porta-guantes la cajita electrónica, que había colocado allí el día anterior y esperó sentado, mirando para la calle donde ya M'bindas y sus acompañantes esperaban.

Transcurridos sólo unos minutos aparecieron en la calle dos lujosos autos negros, en el primero venía Alvarez de Melo acompañado de dos hombres de su escolta y en el segundo otros tres hombres encargados de su protección.

Cuando consideró que el auto donde venía el ministro se encontraba a la distancia requerida, M'bindas, sin abandonar su posición efectuó un disparo con el lanza cohetes que hizo volar por los aires al auto, mientras Lopo y Sulmira, fusil en mano, ametrallaban a los ocupantes del segundo carro, en el momento en que este se estrellaba contra los deshechos del primer vehículo.

M'bindas soltó el arma que acababa de utilizar, se acercó al auto del ministro y comprobó que se encontraba despedazado. Sulmira y Lopo, sin soltar las armas que llevaban, salían hasta la esquina de la calle próxima, donde eran esperados por Samuel, en el auto azul pálido con el motor funcionando.

Samuel se bajó, hizo un saludo amistoso con el rostro al general M'bindas y esperó a que este se montara en el auto y partiera rumbo a la salida norte de la capital; posteriormente Samuel se montó en el auto de Nuno y regresó a la vivienda de Costa Pinto que se encontraba muy próxima al lugar.

Quince minutos más tarde, M'bindas, acompañado de sus amigos, se desplazaban por la carretera a velocidad prudencial, Lopo, que venía sentado a su lado, mirando a su amigo y jefe con admiración le dijo:

—Todo salió según lo planeado, cuando vengan a reaccionar ya estaremos a más de trescientos kilómetros y muy próximos al campamento del centro, que dirige Joao, que tendrá en el desvío a la represa, a alguien que espera por nosotros. Hemos contado con todo este tiempo, gracias a la idea de Samuel de provocar una interferencia en las comunicaciones de los vehículos del sanguinario Ministro, lo cual le impidió informar del atentado y pedir refuerzos.

—Así es — dijo M'bindas, mirando a su amigo, mientras le golpeaba amistosamente el hombro con su mano derecha — permaneceremos un tiempo combatiendo junto con Joao en su territorio, y posteriormente nos dirigiremos al campamento donde tenemos la jefatura del ejército, para contactar con los otros frentes.

Casi dos horas más tarde, fue que la policía pudo percatarse del lugar donde se había efectuado la detonación y pronto el lugar donde se ejecutó el atentado estaba lleno de patrullas y de agentes, que escudriñaban el lugar, en busca de indicios

En Francia, Cristina concluía su carrera y era reemplazada en sus funciones de representante del Frente, para retornar a su tierra natal, a la que arribó por vía aérea una tarde calurosa de Diciembre.

A recibir a la joven en la estación aérea, fueron Ronaldo de la Paz y su esposa, la que visitaba por primera ocasión la capital.

—Tantos años sin verte mi niña — dijo María Fátima, al ver frente a ella a la muchacha, mientras Ronaldo, después de abrazarla le quitaba la maleta de las manos y salía caminando para el estacionamiento de autos, sin dejar de mirar a la muchacha por un instante en todo el trayecto.

—Tengo muchas cosas de que hablar con ustedes — dijo Cristina, mirando a Ronaldo a los ojos, y deteniendo la marcha.

—Me imagino — dijo Ronaldo, en tono cariñoso y con una amplia sonrisa en los labios — después de tantos años, hay mucho que contar.

No soy yo la que tengo cosas que contar — dijo Cristina, pasándole el brazo por la espalda a María Fátima— son ustedes, los que tienen cosas que contar, pero les propongo que nos lleguemos hasta un lugar propicio, donde podamos tener una larga conversación, conozco un lugar donde podemos comer y tomar algo, mientras conversamos.

—Bien — dijo Ronaldo con expresión seria en el rostro— pero recuerda que tu padre nos está esperando, y debe estar desesperado por verte.

Cristina, mientras se montaba en el auto rural en que la fueron a buscar y con una expresión que a María Fátima le pareció que nunca antes le había visto, respondió:

—Él puede esperar.

El ambiente fino, elegante y distinguido del lugar donde fueron a comer, hacía que María Fátima, acostumbrada a la hacienda, se sintiera extraña y fuera de lugar, miraba asombrada para el fino cortinaje de encajes, que se movía suavemente por la acción del aire, expulsado por el sistema de climatización, cuando la voz de Cristina la sacó de aquella rara sensación que provocaba en ella aquel lugar, al decirle:

—He tenido que ir hasta Francia para que enterarme de cosas importantes sobre mi vida y la de mi padre, teniéndolos a ustedes siempre al alcance de la mano.

—De que te enteraste allá que ya no supieras — dijo Ronaldo, visiblemente consternado, por lo que acababa de oír.

Cristina, mirándolo fijamente, mientras María Fátima se recogía en su asiento esperando lo peor, dijo:

—Me enteré que Don Cipriano es un asesino y le digo don Cipriano, porque a estas alturas no sé realmente si es mi padre o no.

—De donde sacas esas cosas, mi niña — dijo María Fátima casi en un suspiro de voz.

—Sé que Gonzalvez y Tsé han asesinado aldeas enteras, por razones siempre de orden económico en beneficio de Don Cipriano, conocí en Francia a un joven, de nuestra zona, que fue testigo presencial de una de esas masacres, hace ya muchos años, fue después de ella, que el tal Tsé, se mudó para nuestra casa. Ustedes deben conocer bien de que estoy hablando.

—Nunca he tenido ninguna participación en nada así — dijo Ronaldo, en tono que dejaba ver a las claras su disgusto por verse envuelto en asuntos como el que trataba Cristina— claro que siempre me llegaron rumores, indicios, María por sus familiares siempre conoció más tarde, o más temprano, de los desmanes que se ejecutaban por ordenes de la hacienda, por eso quizás somos también cómplices de alguna manera.

— ¿Por qué entonces no los denunciaron o abandonaron la hacienda? — preguntó Cristina, también en tono airado.

Ronaldo, en tono más calmado y conciliador le respondió:

—Denunciarlos ha sido imposible, porque los que hubiéramos salido muy mal parados no seriamos otros, que nosotros, o crees que las autoridades desconocen todo lo que sucede a su alrededor, y que se benefician tanto como la hacienda, de todo lo que se hace.

En cuanto a abandonar la hacienda, es algo que pensamos y hablamos muchas veces, pero no lo hicimos nunca por una sola razón, tú. Tendríamos que haberte abandonado a la educación de Don Cipriano, que sí es tu padre y que no hubiera permitido, bajo ningún concepto, que te hubiéramos llevado con nosotros.

Al escuchar la conversación, María Fátima comenzó a llorar en silencio, estremeciéndose en todo su cuerpo, por el fuerte sentimiento que la golpeaba en lo más profundo de su corazón. Cristina, observando con cierta tristeza el llanto de la anciana mujer y dirigiéndose a Ronaldo con voz suave preguntó:

¿Por qué razón debían tú y ella llevarme con ustedes?

—Fue una manera de decir — dijo Ronaldo, bajando la cabeza, para esquivar la mirada inquisitiva de Cristina.

—Yo creo que es más que una manera de decir— dijo Cristina, en tono cariñoso, mientras le pasaba la mano por la cabeza a María Fátima, que comenzó a sollozar— desde hace años sé que se me oculta algo importante relacionado con mi nacimiento, el abandono de mi madre y la actitud de ustedes. He tratado muchas veces de buscar explicaciones a mi color y genéticamente hablando no hay otra posibilidad que la de un cruce racial, quiere decir, que sólo es posible que tenga este color si soy hija de un blanco y una negra, o de una blanca con un negro. He llegado a la conclusión de que no soy hija de la que un día fuera la esposa de mi padre, porque conociendo como conozco a Don Cipriano, sé que la hubiera matado a ella y posiblemente a mí, por lo tanto había pensado que sería hija de él con una negra, ahora usted me asegura que él es verdaderamente mi padre, por lo tanto he tenido acierto en lo que acabo de decir. Entonces sólo falta conocer, por boca de ustedes, quién es mi madre.

—Soy yo — dijo María Fátima, levantándose trabajosamente para abrazar a la muchacha, que la beso tiernamente en la mejilla, mientras le decía:

—Estaba casi segura de eso, solamente me faltaba escucharlo, así como lo he escuchado en estos momentos, lo que aún no entiendo, es como mi padre, que es tan reaccionario, permitió que permaneciera en la hacienda como su hija, sabiendo de mi color.

Ronaldo se levantó de su asiento, para dirigirse al lugar donde permanecía parada y en un puro nervio María, para ayudarla a sentarse, y acariciándola mientras miraba a Cristina a los ojos, dijo, con voz firme:

—Es toda una historia. La señora Gema no salía en estado; durante mucho tiempo se pensó que era un problema de Don Cipriano, después se llegó a pensar que era un problema provocado por los dos, tanto se preocuparon, que hicieron un viaje a Portugal con el único propósito de resolver ese problema. Se investigaron ambos, con los mejores especialistas en la materia, hasta que se supo que ella era estéril, pero se detectó también que él padecía de una dolencia que hacía difícil que engendrara, las posibilidades de que lo hiciera eran remotas, sólo de menos de un veinte de cien. Esa es, quizás, la causa esencial de la conducta que asumió con posterioridad, porque unos meses más tarde, María Fátima comenzó a trabajar en la hacienda, como puedes ver, por su color, ella también es mestiza, aunque un poco más prieta que tú. Desde el primer momento Don Cipriano comenzó a cortejarla, la perseguía, le hacía la vida imposible, hasta que finalmente tuvo relaciones con ella durante unos meses. Gema su esposa se enteró, pero ya María estaba en estado de gestación y Don

Cipriano no quiso deshacerse de ella, porque traía en su seno un hijo de él, todo parece indicar que pensó, como sucedió realmente, que quizás no tendría otra posibilidad de un hijo en el futuro y discutió sobre el tema en más de una ocasión con la señora Gema, la cual finalmente, cuando tu naciste, no resistió los cuidados que él tenía con María y contigo y lo abandonó. Aunque era la madre de su hija, Don Cipriano nunca le perdonó a María Fátima que fuera la causante de su separación con Gema, a quién siempre amó apasionadamente, y a la cual envió más de un mensaje para que regresara, sin lograrlo.

Ya cuando tu naciste, a él no le interesaba María, la que desde un primer momento fue un capricho, como otros tantos, quiso deshacerse de ella, pero yo se lo impedí, tuvimos una fuerte discusión, en la que le argumenté que era la madre de su hija, y además que yo la amaba y que si ella se iba, me iría con ella y nos llevaríamos a su hija. Fue entonces cuando llegamos a aquel penoso acuerdo, que nos ha hecho sufrir a todos durante años. A cambio de que María se quedara en la hacienda y fuera mi esposa, tú serías su hija solamente y se dejaría que los empleados que llegaran con posterioridad pensaran lo que mejor les pareciera, porque los que existían en aquel entonces fueron despedidos todos, incluidos los portugueses. Durante estos años, nos las arreglamos para mantenerte próximos a nosotros y para cada día darte cariño y atención, contribuyendo a tu educación, no la cultural, la que se aprende en la escuela, sino la de la vida, esa que aprendemos día a día en nuestra casa y que es el traslado de las experiencias, de los que nos traen al mundo, quizás por eso, desde que asomaste a la vida piensas como lo haces, con bondad, tolerancia y amor, hacía todo y todos, los que te rodean. Esa es, a grandes rasgos la historia. Ahora dime ¿Qué piensas hacer?

Con ustedes, quererlos más, no quiero que regresen a la hacienda, nos instalaremos aquí en la capital, empezaré a trabajar en la especialidad en la que me acabo de graduar, y viviremos juntos.

— ¿Pero y Don Cipriano?— preguntó María Fátima, con rostro alegre, pero preocupada por las consecuencias de una cosa así.

—Nada — dijo Cristina, mirando amorosamente a su madre— esperaremos a que él contacte con nosotros y le explicaremos, él entenderá, no le quedará otro remedio que entender, después de todo, son sus errores de hace muchos años, los que tendrá que asumir, ante ustedes y ante mí.

De las discrepancias con respecto a la designación de Librado como presidente del Frente Nacional de Liberación, surgieron dos nuevas organizaciones opositoras al régimen colonial, que lejos de fortalecer la resistencia la debilitaron, porque crearon confusión en la población, la que se dividió, unos siguiendo a la organización que ya existía y otros afiliándose a alguna de las de nueva creación.

Una de ellas, la presidida por Jonatan, un oportunista que sobre todas las cosas, lo que más le interesaba era disfrutar del poder para enriquecerse, que cuando dejó de ver futuro en la organización opositora, entró en tratos con el gobierno colonial, entrevistándose personalmente con el Gobernador General, el que le propuso un gabinete ministerial, si se unía a él, en la lucha contra el F.N.L.

De estas conversaciones supo Costa Pinto, desde un primer momento, informando sobre ello a Librado, quien al escuchar la noticia dijo:

—Siempre supe que Jonatan era un oportunista, pero realmente no pensé nunca que llegara a estos extremos, por suerte desde el primer momento no se informó a nadie de la red que tu diriges, la que sólo rinde información a M'bindas en su condición de jefe del Ejercito y a mí, como presidente del Frente. Te debo confesar, que inicialmente no entendí que eso fuera así, pero me explicaron que la experiencia hablaba de la posibilidad de que podía suceder algo como lo que está sucediendo y como no tengo conocimientos del asunto, me callé, pero ahora es que vengo a comprender cuanta razón tenía M'bindas en lo que decía.

Manténganme informado del curso que toman esas negociaciones entre Jonatan y el Gobierno colonial, porque me temo que puede alcanzar dimensiones insospechadas.

—Despreocúpese— dijo Costa Pinto, mirando detenidamente al nuevo presidente del Frente, mientras pensaba que era una buena persona y el mejor para ocupar el cargo, pero que le faltaba mucho, para llegar a la estatura política del fallecido Kuro Cávil.

Como si estuviera leyendo lo que pensaba su jefe de inteligencia Librado dijo:

—No te puedes imaginar como pienso en nuestro indiscutible líder, Kuro Cávil, estas cosas con él, estoy seguro que no sucederían. Siempre en mi condición actual de jefe del Frente, antes de tomar una decisión cualquiera, pienso como lo hubiera hecho él, quién en el plano personal para mí, fue no sólo mi conductor, sino también mi maestro.

Ahora debo retirarme, que tengo asuntos importantes que atender.

Una semana más tarde, el Gobernador propuso a Jonatan la cartera del ministerio del interior, que permanecía desocupada desde el atentado a Alvarez de Melo.

—Lo primero que debes hacer — dijo el Gobernador General a su nuevo ministro, es desmembrar el Frente Nacional de Liberación, tú conoces a todos sus integrantes y te será fácil localizarlos y eliminarlos.

La información llegó de rápidamente a los medios de Costa Pinto, que de inmediato se comunicó con Librado para que alertara a los miembros del Frente, para que se escondieran, o abandonaran el país, después, mirándolo con preocupación le dijo:

—Personalmente, si usted lo considera, me marcharé al estado mayor del ejército, desde donde continuaré mis funciones de jefe de la inteligencia, aquí dejaré a Samuel, quién como usted sabe, es mi segundo y domina totalmente la mecánica del funcionamiento de la red de espionaje que tenemos montada y que incrementamos cada día.

—Creo que es lo mejor que puedes hacer — dijo Librado, mientras se ponía de pie para marcharse— ahora me voy, debo desaparecer varios documentos importantes del Frente, que tengo en mi poder, poner a alguien a llamar a los integrantes del Comité Nacional y salir del país con documentos falsos, a más tardar al anochecer.

Costa Pinto, antes de partir se comunicó con Cristina por teléfono y le dijo:

—Debo verte en unos minutos, hay malas noticias, que debo comunicarte de inmediato, paso por tu casa y te recojo, trata de estar abajo esperándome, lleva ropa de campaña, que seguramente saldremos para el campo y despídete de tu familia, diles que estarás por una larga temporada fuera de la ciudad.

—Correcto — dijo Cristina y habló con Ronaldo y María, para posteriormente salir a la calle a encontrarse con el médico Costa Pinto, que llegó unos minutos más tarde.

—Monta, que por el camino te explico— dijo Costa Pinto, mirando a la joven, con expresión seria en el rostro.

Durante el trayecto Costa Pinto le informó de la situación y le explicó que su vida estaba en peligro de muerte, por lo cual, de momento, lo mejor sería que la acompañara hasta el campamento donde se encontraba el estado mayor del ejército.

Cuando escuchó esta propuesta, a la mente de Cristina llegó la imagen de M'bindas, hacía mucho tiempo que no lo veía ¿Se acordaría de ella? ¿Se le habrían subido a la cabeza los éxitos y las responsabilidades que ahora poseía? ¿Qué sentiría él por ella?

La llegada al campamento respondió a la muchacha muchas de aquellas interrogantes. M'bindas la recibió lleno de entusiasmo y con sencillez le pidió disculpas por su proceder en Francia. Después hablaron largamente, lo primero que le dijo M'Bindas, una vez sentados en la oficina que éste tenía en una choza, fue:

—Mañana atacaremos la hacienda de tu padre, por eso entre muchas cosas, me alegra que estés aquí, porque en ese lugar están no sólo mis peores enemigos personales, sino también, en estos contornos, los de la Nación, que no por coincidencia son los mismos. No te puedes imaginar cuanto he pensado en el hecho de que tu padre sea Don Cipriano, quién en definitiva, es el máximo responsable de todo lo terrible que ha sucedido en mi vida y de los reveses, quizás, más importantes de nuestra lucha. Ni tu dulce imagen suaviza en mis recuerdos el odio que siento por él y sus secuaces, por eso es importante para mí conocer que piensas tú al respecto.

—No te tortures más con esa contradicción — dijo Cristina pensativa, moviéndose en su asiento, como si algo la quemara por dentro— El que yo esté aquí, ya es una muestra bien clara de cómo pienso, por suerte, desde pequeña tuve cerca de mí, quién me enseñó de que lado estaba la justicia y la razón. Alguien que acabo de saber que es mi madre, una persona humilde, que ha sido la primera en ser avasallada durante toda la vida por mi padre, y que si lo soportó, fue por el amor que sentía por mí. Los hombres que proceden de manera malvada, dejándose llevar por sus egoísmos y ambiciones en la vida, que los hace, como en este caso, cometer los más increíbles actos de crueldad, siempre tienen una familia, a mí me tocó por desgracia, y no me queda ya duda alguna al respecto, fui engendrada por uno de los hombres más crueles del país, un hombre que se pasó la vida cometiendo los peores errores que puede cometer un ser humano. Son sus errores, por los cuales deberá responder ante Dios y los hombres; no importa que seas tú, a nombre de todos los que afectó durante su vida, quién le pida que rinda cuentas, por lo tanto, procede como tengas que hacerlo, que yo comprenderé, como he comprendido esta lucha de nuestro pueblo, desde que di mis primeros pasos por la vida.

Esa noche, M'bindas la invitó a dar un paseo por las afueras del campamento y bajo una resplandeciente luna fueron a sentarse a la orilla de un río, que cruzaba próximo, allí escuchando el suave murmullo del agua que se deslizaba por su cause, permanecieron durante largo rato en silencio, cada uno sumido en sus pensamientos. Fue él quién mirándola con los ojos llenos de un brillo especial y en un tono de voz suave, lo más amorosamente que le fue posible, rompió el silencio al decir:

—Esta tarde no te dije, que quizás el peor problema no sea que tu comprendas la actitud que debo asumir ante este problema, como afectado directo y como jefe del ejercito, sino como tu enamorado.

Ella le sostuvo la mirada llena de ternura y se dejó llevar por el amor, que sentía desde hacía años, por aquel hombre, que tan contradictoriamente se había comportado siempre, ante los sentimientos que ella le profesaba. Sus rostros se acercaron lentamente, como si disfrutaran de manera especial aquel momento y se besaron una y otra vez, sintiendo el uno el vibrar amoroso del otro. Allí permanecieron durante horas, entregándose caricias, guardadas por el amor dentro de sí, en el enmarañado y duro andar de los años transcurridos lejos, el uno del otro.

—Cuanto te he querido y te quiero — dijo ella en un suspiro, mirándolo llena de amor y ternura.

Ya estamos juntos — dijo él, besándola una vez más — resistimos los embates de la vida y el paso del tiempo.

Ella lo abrazó, y sus corazones palpitaron al unísono, mientras se entregaban, en él más sublime roce de sus cuerpos, a la intemperie, a la orilla de un río, a la luz de la luna, como buenos africanos, llegaron a la cúspide del amor

Ya en la madrugada, regresaron al campamento marido y mujer.

La arremetida de Jonatan, en su condición de Ministro del Interior, contra los movimientos de liberación, fue espantosa, todo el que pudo agarrar, lo pasaron por las armas al momento de capturarlo, desmembrando a todas las organizaciones de carácter Nacional o provincial; lo cual no hizo siempre sin resistencia, muchos hombres vendieron caras sus vidas, luchando hasta la muerte, en desigual combate, contra las fuerzas de Jonatan.

La primera noche de aquella cruenta ofensiva, varios carros patrulleros llegaron a la residencia de Costa Pinto, derrumbaron la puerta e irrumpieron en su interior, desbaratando cuanto objeto se tropezaban en su camino. Eulalia, que se encontraba leyendo en la biblioteca, salió al recibidor al escuchar el estruendo de la puerta al caer y pudo ver a los guardias, que arma en mano, entraban por uno de los corredores de la vivienda y gritando les dijo:

— ¿Qué está sucediendo?, Esta es una residencia privada, ustedes no pueden entrar así en mi casa, soy Portuguesa y me quejaré al Gobernador.

El jefe del operativo, mirándola detenidamente le respondió:

—También le dirás que tu hermanito, es un conspirador contra el régimen, o eso te lo callarás, perra de mierda.

Eulalia trató de correr, para refugiarse en sus habitaciones, pero uno de los soldados la agarró por el vestido que llevaba puesto y la tiró contra el piso, quedándose en la mano con un trozo de la tela y ella desnuda en el torso, quedando con los senos al aire.

—Mira que cosa más linda — dijo un soldado, contemplando la desnudes de Eulalia, mientras otro se abalanzaba hacía ella, tratando de besarla en los descubiertos senos.

Ella forcejeó, todo lo que humanamente le fue posible, pero entre tres la tiraron a suelo y mientras dos la aguantaban, un tercero se acostaba sobre su cuerpo, despedazándole lo que le quedaba de vestimenta y la penetraba con violencia desmedida, dañándola, física y moralmente. Ella trató de gritar y el que la ultrajaba le apretó el cuello, hasta que dejó de emitir sonido.

Cuando un segundo hombre quiso poseerla, se percató de que la mujer no respiraba, y levantándose asustado, casi gritó con voz alarmada:

—La matase, bruto, la mataste. Esto nos traerá problemas, vas a ver.

El jefe del operativo, que se encontraba con otros hombres registrando la vivienda al llegar al lugar y ver lo que sucedía, dijo:

—Retirémonos rápido de aquí, que nadie diga que fuimos nosotros los que hicimos esto. ¿Está claro eso?

Al día siguiente, por la mañana, los vecinos que escucharon el escándalo de la noche anterior, se personaron en la vivienda de Costa Pinto y se encontraron el rígido cuerpo, desnudo y mancillado de Eulalia.

Jonatan, como complemento a los desmanes que ejecutaba en todo el territorio del país, estableció el toque de queda, la población de la ciudad atemorizada, salía de sus casas solamente para trabajar y a las gestiones que consideraban de suma urgencia, cada atardecer parecía que la capital era un lugar desierto, en el cual no circulaban vehículos, ni persona alguna.

Fue Samuel el que se encargó de hacer llegar la noticia del allanamiento de la casa de Costa Pinto y de la muerte de Eulalia.

El mensaje radial llegó al campamento y se lo hicieron llegar a M'bindas, que entristecido le dio la noticia al hermano de la mujer, que tanto lo había amado en vida.

—Ella no se merecía una muerte como esa — dijo Nuno compungido, al enterarse — era una mujer fina, delicada, culta y llena de cualidades.

—Finalmente murió sola — dijo Costa Pinto, elevando su vista al horizonte, como para evocar los recuerdos— vino de Portugal huyendo de la soledad y ya pueden ver como se presentan las cosas en la vida.

Al amanecer, M'bindas, al mando de cien hombres, se presentó en la hacienda, acompañándolo iba Cristina y Lopo. Fue la joven, la que al llegar a la entrada hizo contacto con los custodios y les dijo:

—Díganle a Don Cipriano, que el Ejército Nacional de Liberación tiene rodeada la hacienda, que no ponga resistencia, para evitar derramamiento innecesario de sangre.

El custodio que salió a la puerta, que conocía a la joven, fue en busca de Gonzálvez, quién al ver a la hija del dueño no opuso resistencia, dejando pasar a las tropas comandadas por M'bindas, las que de inmediato pusieron presos a todos los portugueses que se encontraban en el lugar, pero Don Cipriano no apareció. A una pregunta de Cristina, Gonzalvez le respondió:

—Pensé que usted sabía que él se encuentra en la capital, fue precisamente a verla a usted, que desde que llegó, hace meses, no se ha portado por aquí.

—Bueno — dijo Cristina, mirando para M'bindas, cuando regrese hablaremos con él.

Tsé, que se encontraba fuera de la hacienda, al llegar preguntó por el jefe de las fuerzas independentistas y cuando le señalaron a M'bindas se dirigió a él con caminar y rostro sumiso diciéndole:

—No sabe cuanto me alegro que por fin nos liberen, quiero que usted me acepte como uno de sus soldados, siempre he sido partidario de la independencia.

M'bindas, conteniendo la ira, lo miró con desprecio y le respondió:

—Mírame bien, para ver si te acuerdas de mí.

Tsé, mirándolo con mucha atención respondió:

—No, realmente nunca he tenido el honor de tener trato con usted, mi general.

—Pero a mí si que me conoces seguramente — le dijo Lopo, que venía saliendo de dentro de las instalaciones de la hacienda.

Sí, a usted si, como no — respondió Tsé, con una risita nerviosa y la vista clavada en el piso — entre nosotros existió un malentendido, pero las personas hablando se entienden ¿No cree usted?

M'bindas agarrándolo por un brazo y tirando hacía él, y mirándolo, casi rostro, con rostro, con los ojos chispeantes por la ira, le dijo:

—Yo soy M'bindas, hermano de M'gueso, te ví hace años traicionar a los tuyos y traer a los portugueses para que los mataran, es algo que he guardado por siempre, hasta este momento, en que finalmente, te puedo pasar la cuenta, por los infelices, que pagaron con sus vidas tu felonía.

Tsé, temblando de miedo y tirándose al piso a abrazándose a los pies de M'bindas llorando, comenzó a implorar perdón.

M'bindas lo empujó de una patada y Lopo y un par de hombres lo recogieron y se lo llevaron junto con el resto de los presos, una hora más tarde le celebraron consejo de guerra a los detenidos, los que fueron acusados por muchos vecinos de los alrededores y condenados a la pena de muerte por fusilamiento, sanción que se cumpliría al día siguiente al atardecer, frente al paredón de la cerca de la propia hacienda.

Terminado en juicio, Tsé, en un momento de confusión, se escapó y salió a todo correr a monte traviesa, un grupo de soldados y vecinos corrieron tras él, pero no lograron darle alcance.

Unos minutos más tarde Lopo daba la noticia a M'bindas y le sugería:

—Debemos organizar una escuadra que lo persiga hasta dar con él.

M'bindas, poniéndose de pie y comenzando a quitarse las botas y parte de la ropa que llevaba puesta, le respondió:

—No te preocupes, personalmente me encargaré de alcanzarlo y rendir cuentas con él, se pudiera decir que el destino me da la oportunidad de cobrarme personalmente las deudas que tiene ese tipejo conmigo.

Veinte minutos más tarde, M,bindas salía a la explanada de frente a la hacienda y buscaba en el polvo del suelo las huellas de Tsé y al encontrarlas comenzó a seguirlas en un raro trote que le permitía avanzar con rapidez sin dejar de observar las huellas que había dejado el traidor.

Oscureciendo, llegó a las proximidades de la espesura de una zona selvática, se metió un dedo en la boca para mojarlo y levantando la mano lo puso al aire para conocer de que lado soplaba la brisa y conociendo que era favorecido por su dirección de los vientos, se introdujo en la exuberante vegetación, agudizando sus sentidos, para escuchar cada sonido y observando los rastros de pisadas y gajos partidos dejados por Tsé, en su rápido caminar por dentro del bosque.

Atardecía, cuando M'bindas se percató, que a unos metros delante del trayecto que llevaba, no había ramas rotas, ni en el piso existían roturas del paso de una persona. Supo entonces que en algún lugar próximo, se encontraba Tsé al acecho.

Mientras en el campamento, Cristina alarmada fue a la choza de Nuno, estaba temblando del miedo, cuando mirando al anciano médico, le dijo:

—Me preocupa M'bindas, conozco a Tsé, y sé que es el ser más vil, bajo y traicionero que pisa tierra.

—No te preocupes, —dijo Nuno de manera tranquilizadora— es realmente muy difícil que M'bindas sea sorprendido, para eso lo preparé desde que lo encontré abandonado por estos parajes. Aunque parezca mentira, lo preparé de esa manera, sobre todo para mi tranquilidad, es como cuando uno enseña a su hijo a nadar desde edad temprana, para después cuando asista de visita a disfrutar de las bondades río, o del mar, no tener preocupación de que se pueda ahogar en un descuido.

¿Cuánto tiempo usted cree que pueda demorar en regresar? — preguntó Cristina, aún con el rostro lleno de preocupación.

—Eso no hay quién lo pueda saber —dijo Nuno, pasándole la mano por el pelo a la joven— depende del perseguido, si se dedica a huir, podrá estar días detrás de él, si le presenta combate, será rápido, es muy difícil que con lo fácil que puede ser emboscarse, no se decida a atacarlo, para sorprenderlo. Eso M'bindas lo sabe perfectamente y esta preparado para eso, más aún, con alguno de la baja calidad humana del tal Tsé.

En ese instante M'bindas se detuvo, afinó su olfato y comenzó a escudriñar con la vista los troncos de los árboles, sus ramas que estaban al alcance de la mano del hombre, el suelo, para descubrir la dirección que pudo tomar Tsé. Hasta que finalmente supo donde se encontraba su oponente y no vaciló un instante y se dirigió a toda velocidad hasta el tronco de un árbol y trepó por él hasta encontrar en sus ramas al perverso Tsé, quién a pesar de encontrarse sorprendido, le lanzó un punta pie, que dio en pleno rostro de M'bindas que rodó por el tronco del árbol hasta que cayó al suelo. Tsé, entusiasmado, se lanzó sobre él, desde su posición en el árbol, para aplastarlo con su cuerpo, pero M'bindas con un rápido movimiento se quitó y al caer su oponente se abalanzó sobre él y le propinó un fuerte golpe con el torso de su mano derecha y lo cruzó con la izquierda.

Tsé no hacía resistencia, su objetivo era escapar de aquella encerrona en la primera oportunidad, pero se percató de que M'bindas tenía un cuchillo de monte en la cintura y lo sacó de su funda, tirándole una cuchillada desde abajo en él estomago, que fue interceptada por el General, que le tomó la mano homicida y la viró introduciendo el cuchillo en el pecho del desagradable Tsé, quién fue sacudido por un estremecimiento, mientras perdía sus últimos momentos de existencia en este mundo, mirando a los ojos del hermano de M'gueso.

A partir de esa fecha las tropas del ejercito de Liberación Nacional comenzaron una ofensiva, que se había coordinado días antes por M'Bindas, en una reunión celebrada en la jefatura.

Las tropas del frente Norte comandadas por Dosanto, comenzaron a avanzar hacía el centro, atacando cuarteles y liberando pueblos, de igual manera las tropas del frente Sur, comandadas por Tencho, avanzaban rumbo a la capital, igualmente, irrumpiendo en cada cuartel y liberando pueblos y ciudades.

M'bindas' con el frente del centro, que dirigía Joao, comenzó una marcha vertiginosa con rumbo a la capital.

Las fuerzas del ejército colonial, hicieron un esfuerzo por detener la marcha de los independentistas, pero la mayoría de las fuerzas que componían su desmoralizado ejercito eran negros, nativos, por lo que en muchos casos, al primer contacto con las fuerzas liberadoras, se insubordinaban, detenían a sus oficiales, generalmente blancos portugueses, y se pasaban a las filas del Ejercito Nacional de Liberación. En un par de meses, la fuerza del colonialismo se debilitó de manera considerable, hasta que finalmente las autoridades de la metrópolis hicieron contacto con Librado para firmar la rendición y otorgar la independencia al país.

A la llegada de las tropas comandadas por M'bindas a la capital, este se dirigió junto a Cristina a la casa de Ronaldo y María Fátima; después de los saludos, Cristina mirando llena de ternura para M'bindas le dijo:

Ella es mi madre— después mirando a su madre— él es M'bindas, mi esposo.

María Fátima, después de saludar cariñosamente al joven general y con un estremecimiento producido por el llanto, le dijo a su hija, mirándola de manera suplicante:

—No sabes lo penoso que nos resultó, lo que hizo tu padre, se apareció una tarde, después de tú marcharte, venía con la intención de llevarte para la hacienda, le explicamos la conversación que habíamos sostenido contigo y se puso como una fiera, acusó a Ronaldo de haberlo traicionado, y a mí me golpeo de una manera brutal, como puedes observar, aún tengo magulladuras por todo el cuerpo.

Ronaldo inicialmente soportó aquello, como lo había hecho otras muchas veces en la vida, pero en ésta ocasión no tenía las ataduras de antaño, por lo que transcurridos solamente unos minutos, le agarró por el brazo y le gritó que dejara de golpearme.

Don Cipriano no le hizo caso, entonces Ronaldo no soportó más y arremetió contra él. Tu padre, aunque sorprendido, lo atacó y se enfrascaron en una pelea, que yo temí desde siempre, porque sabía cuanto odio acumulado había en Ronaldo, para aquel hombre que tan mal se comportó siempre conmigo, obligándolo a él, a permanecer a su lado para no perderme, ni alejarse de ti.

Fue terrible, porque Cipriano lo cortó con un cuchillo que traía y Ronaldo lo agarró por el cuello. Mira que le suplique, que le pedí que lo soltara, pero nada, era como si el diablo se hubiera apoderado de él, no lo soltó mientras observó que le quedaba un soplo de vida. Esa misma tarde se llevaron el cadáver de tu padre y a Ronaldo lo condujeron para la policía. Allí debe estar, con todo este asunto de la conclusión de la guerra y la entrada de las tropas en la capital, quizás ni comida le han dado. No sabes cuanta pena siento por ti, sé que a pesar de todo era tu padre.

—Paga por sus errores — dijo Cristina, abrazando tiernamente a su madre — tú no te preocupes, que ya todo pasó y pronto estará Ronaldo contigo, no creo que con la historia de malvado que tenía Don Cipriano tenga mayores dificultades, por lo pronto iremos a la policía para ver si le ponen fianza y podemos traerlo para que se recupere de la cuchillada que dices le dieron.

Dos años más tarde, en su condición de Jefe del Ejercito de la Nación liberada del colonialismo, le solicitaron a M'bindas que develara una estatua de Kuro Cávil, en la conocida Plaza de los Ocujes. Al descubrir la escultura y observar a su antiguo jefe y amigo, en aquella posición como si hablara a la población congregada, M'bindas recordó aquel glorioso día y se llenó de agradecimiento por las enseñanzas que había recibido de aquel magnifico y genial hombre.

Fue entonces cuando aquella sagaz periodista le preguntó:

—¿Qué ha sentido usted al ver, convertida en historia, aquella tarde, en que por primera vez el pueblo se lanzó a las calles.

FIN

CPSIA information can be obtained
at www.ICGtesting.com
Printed in the USA
BVHW030944071119
563174BV00005B/69/P

9 781506 530598